David Thomson

Musings among the Heather

Being Poems chiefly in the Scottish Dialect

David Thomson

Musings among the Heather
Being Poems chiefly in the Scottish Dialect

ISBN/EAN: 9783337158279

Printed in Europe, USA, Canada, Australia, Japan

Cover: Foto ©Andreas Hilbeck / pixelio.de

More available books at **www.hansebooks.com**

MUSINGS AMONG THE HEATHER:

BEING

𝔓𝔬𝔢𝔪𝔰 𝔠𝔥𝔦𝔢𝔣𝔩𝔶 𝔦𝔫 𝔱𝔥𝔢 𝔖𝔠𝔬𝔱𝔱𝔦𝔰𝔥 𝔇𝔦𝔞𝔩𝔢𝔠𝔱.

BY THE LATE

DAVID THOMSON,

HILLEND, NEAR AIRDRIE.

ARRANGED AND EDITED.

𝔈𝔡𝔦𝔫𝔟𝔲𝔯𝔤𝔥:

THOMSON BROTHERS, 10 ST. GILES STREET.

1881.

EDINBURGH:
PRINTED BY LORIMER AND GILLIES,
31 ST. ANDREW SQUARE.

PREFATORY.

AVID THOMSON, the Author of the follow-
ing Poems, was born at Roseneath, Dumbarton-
shire, in 1806, the youngest of a family of seven sons
and four daughters. His father was a shepherd, and
belonged to Little Clyde, in the Upper Ward of Lanark-
shire, but for a number of years resided at various places
in the West Highlands. When about four years of age
his father removed to Burnfoot, near Caldercruix, and
shortly afterwards to Forrestfield, in the parish of Shotts,
at which place David received the little education he got.
As he grew up to manhood he was engaged in the various
labouring employments usual in country life. In 1829
he married, and after a short time settled at Caldercruix,

where he remained until 1849, when he removed to Hillend, on being appointed keeper of Hillend Reservoir, Lily and Black Lochs, for supplying the Monkland and Forth and Clyde Canals, and where he remained until his death, which took place in 1870. Hillend is situated in the parish of Shotts, 4½ miles east from Airdrie on the Edinburgh and Glasgow road.

Of a genial disposition, he was much respected in the district among a large circle of friends. From early manhood he was a close observer and great lover of nature, but it was only late in life that he attempted poetical composition, and on the encouragement of several of his acquaintances he persevered to gain that facility of expression so necessary for that form of composition. His earliest efforts appeared in the local newspapers, and attracted considerable attention, several of his pieces having established themselves as favourites, and even beyond his own district their merits commanded attention. As a poet he appears in his happiest mood in those pieces descriptive of rural scenery, wherein he depicts with great accuracy the scenes in which he so delighted to revel—the rugged hill, the rocky glen, the wimpling burn, the shaggy wood, with feathery warblers adding their chorus to the hymn of universal nature—but he is not the less successful when he descends to social scenes and phases of life where his warm heart and sympathy with the poor, oppressed, and helpless, find ready expression; and even in his humorous pieces he shows himself to be no one-sided sentimentalist, but one who saw the various shades of human nature, who could detect its foibles, avoid its errors, and laugh at its vagaries.

He took great interest in all the political and social movements of his time, and gives expression to his sentiments on them with a vigour and directness which leaves no room for misunderstanding as to the leaning of his sympathies. A healthy moral tone pervades all his works, and the biography of the later years of his life may be said to be contained therein. Full of kindliness and charity, his heart was grieved and wept at the miseries to be seen in this life, and he did his utmost to overcome or alleviate those conditions on which they are contingent. In a life so smooth and void of incident there is little to

chronicle beyond the few facts above given. Content
with the sphere in life which Providence had assigned
him, his years were passed as his days in the quiet
retirement and routine of the duties of his situation.
Though still hale and vigorous, his death took place
after a short illness, somewhat suddenly, in the beginning
of August, 1870. The legacy of Poems left behind him,
have now been arranged and gathered together in this
volume, the merits of which judicious readers are now
confidently invited to judge of for themselves.

W. W.

LOCHEE, *March, 1881.*

CONTENTS.

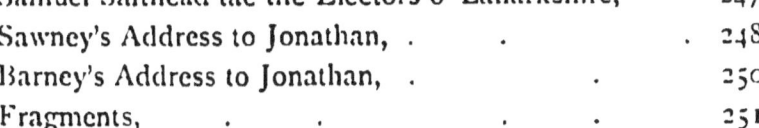

THO' poor, I court not favour from the great,
　　Nor dread that ruthless scourge, the critic's pen,
But launch these poems forth to meet their fate,
　To stand or fall as suits the tastes of men.

MUSINGS AMONG THE HEATHER.

TO THE MUSE.

AWAKE, my drowsie muse, and sing;
    Why will you dormant lie,
While the sweet lark is on the wing,
    And soaring to the sky,
With cheerful heart her voice to raise,
And sing her morning hymn of praise?

Rise with the morn; and soar away,
    In contemplation's flight,
Before the glorious orb of day
    Bursts from the womb of night, ,
And breaks with might her gloomy bars,
And with his light seals up the stars.

And when he from his brilliant rim
    Throws wide his sparkling fire,
Which makes the orbs of night grow dim
    And in his beams expire,
Then on sweet nature look abroad,
And sing of all the works of God.

Sing of the sky, the sea, and land,
　　Streams, lakes, and leafy bowers ;
Of woods, and glens, and mountains grand,
　　Birds, beasts, and blooming flowers ;
And of the lovely rainbow mild,
The sunny calm, and tempest wild.

Let cheerful Spring inspire your lays
　　With something new and grand,
And Summer's flowers call forth your praise
　　Of an Almighty hand ;
Let Autumn's bounty be your song,
And Winter's storms your notes prolong.

And when light fades far in the west,
　　When day is at its close,
And wearied labour sinks to rest,
　　In silent sweet repose,
Then view the moon and stars so bright,
And sing the beauties of the night.

———•∘•———

THE WEE ORPHAN WEAN.

THE cauld win' was blawin', the sleet fast was fa'in';
　　The kye a' stood coorin' in biel o' ilk stane,
When, cripplin' wi' sair feet, an' dreepin' wi' cauld sleet,
Cam' toddlin' alang a bit wee orphan wean.

His auld shoon were sair worn, his thin claes were a' torn
The cauld win' gaed thro' them the same's he had nane ;
Aft hungry an' no fed, an' wearied an' nae bed ;
Oh hard is the lot o' the wee orphan wean !

There is nane noo tae care when his wee head is sair,
Or hungry or cauld, since his parents are gane ;
There's nane noo but strangers tae shield him frae dangers;
An' few are the frien's o' the wee orphan wean.

When weans dae forgether tae play a' thegither,
The puir thing is dowie, an' stauns aye his lane ;
An' tho' they are cheerie, an' play till they're wearie,
There's nane try tae cheer up the wee orphan wean.

An' when, in the gloamin', they hameward are roamin',
Ilka ane but himsel' their ain road hae ta'en ;
But frien'less, an' eerie, an' hungry, an' wearie,
He's nae hame tae gang tae, the wee orphan wean.

The rich are respected, the puir aft neglected ;
The wealthy hae frien's, but the needy hae nane ;
When poverty pinches, maist ilka ane flinches
Tae succour the puir, or a wee orphan wean.

A' ye that hae plenty o' a' that is dainty,
Gie some tae the puir, ye'll ne'er miss't when it's gane ;
Ye will aye get far mair than the morsel ye spare
Tae puir needy wand'rer or wee orphan wean.

Let your pity extend, an' the orphan befriend,
Bring him in tae the bink beside your hearthstane ;
Ye'll ne'er hae reflection for gi'en your protection
Tae puir hooseless wand'rer or wee orphan wean.

May, 1855.

THE BONNIE BLUE BELL.

CARENA for those wha in foreign lands travel,
 An' o' their rich verdure an' bonnie flowers tell,
O' roses an' lilies, and bricht oleanders,
 They canna compare wi' the Scottish blue bell.

Or bonnie red heather, the rich blooming heather,
 An' modest wee daisie that dapples the dale ;
Or queen o' the meadow, wi' snawie white feather,
 That flings its perfume on the wings o' the gale.

Or yet the fox-glove, or the mild lovely snowdrop,
 That rises ere winter's awa, for tae tell
That spring will soon wauken the bashfu' wee primrose,
 Tae bloom in rich beauty, in glen, wud, an' vale.

An' what tho' auld Scotland's baith rugged an' rocky,
 When wild storms sweep o'er her they act as a spell,
Tae rouse in her brave sons the spirit o' freedom
 That guards frae a' tyrants her bonnie blue bell.

———◦◇◦———

THE BEAUTIES OF WINTER.

WHEN winter's frosty win's do blaw,
 An' a' the lochs an' burnies freeze,
An' heighs an' howes are clad wi' snaw,
 An' cranreuch fringes shrubs an' trees.

Then if aroun' we take a view
 O' nature in her robes sae bricht,
Contrasted wi' the sky sae blue,
 It really is a bonnie sicht.

O how enchantin' an' sublime
   Is sic a bonnie fairy scene,
When wuds are a' clad ower wi' rime,
   Tho' birds are mute, an' flowers are gane.

The trees in hoary mantles stan',
   An' fling their silvery heads on high,
Superbly rich, an' wondrous gran',
   Like marble tracery on the sky.

The same Almighty hand that forms
   The feathery cranreuch an' the snaw,
Can bridle up the wildest storms,
   An' mak' even dreary winter braw.

——◦◦——

H A M E.

SWEET Scotland, my country, I ever will lo'e thee,
   An' wha for sic fond love, wad me ever blame,
For freedom blooms there, that has never been blighted,
   An' there stauns the wee hoose, my ain native hame.

O, weel, weel I like the bit wee thackit biggin',
   The snug cosie biel, whaur I first saw the licht,
For tho' it had naething but turfs on its riggin',
   It stood winter's storms, tho' they blew a' their micht.

O, far hae I wander'd o'er laun an' o'er ocean,
   An' seen mony braw places weel kent tae fame,
But a' their rich beauty aye faded an' vanished,
   Whenever I thocht on my ain native hame.

When we are awa' frae oor country an' kindred,
  Oor heart aye loups licht when we hear but their name,
An' fond recollections spring up thick as gowans,
  As soon as we hear but the mention o' hame.

O, hame, dearest hame, thou hast power like the loadstone
  Wi' sweet bauns o' love, the affections tae draw,
Ye win the young heart, for your charms are resistless,
  An' aye are the stronger, the farer awa'.

Yes, hame is aye hame, tho' it's never sae humble,
  There's something aboot it that makes the heart fain,
An' when in life's journey, we lang frae't are absent,
  We're aye unco keen tae come back tae't again.

Where'er we are plac'd, an' whatever oor station,
  There's aye something there, oor affections tae claim,
There's nae ither place, tho' we travel the warl thro',
  That e'er we can loe like oor ain native hame.

Then Scotland, my country, I'll aye sing thy praises,
  Thy beauty and freedom will aye be my theme,
An' tho' I hae nocht but a wee thackit biggin',
  I'll aye be content, for there's nae place like hame.

RURAL DEPOPULATIONS.

GREAT changes come wi' passing years,
  As noo in many a place appears,
        If Scotland roon we scan ;
For whaur ance dwelt a hardy race,
Is noo a' wild, an' made a place,
        For deer instead o' man.

Great tracks o' laun' can noo be seen,
Whaur crofters ance dwelt snug an' bien,
        A' clad wi' bent an' heather ;
An' here an' there, a nowt or sheep,
A muircock, plover, or peesweep,
        Whaur folk in bauns did gather.

The places whaur their hooses stood,
The crofts whaur corn wav'd rank an' guid,
        Can hardly noo be trac'd ;
An' whaur a' ance look'd blythe an' fair,
Is noo wild, barren, bleak, and bare,
        A solitary waste.

What sin an' shame that laun' sae good,
That lots o' wark, an' walth o' food,
        Tae man an' beast wad yield ;
Shou'd be allow'd tae lie a waste,
Tae suit some selfish noble's taste,
        O' bein' a huntin' field.

But nobles yet may sairly rue,
That crofters on their launs are few,
        An' may yet come to ken
That grouse an' deer can ne'er oppose,
Nor staun' against invading foes,
        Sae firm as hardy men.

DECEMBER.

THE bonnie, mild, an' gentle spring,
  Sweet simmer, blythe an' braw,
An' autumn, wi' her gouden load,
  Are noo a' fled awa'.

An' nature's bonnie smiling face,
  Sae lately fu' o' bloom,
Is noo grown pale an' waefu' like,
  An' shaded ower wi' gloom.

For fleeting time wi' hurrying haste,
  On rapid wings flees past,
An' brings ilk season in its turn,
  An' winter at the last.

Sae cauld December raging wild,
  Sweeps ower baith sea an' laun,
An' rives tae rags sweet nature's robes,
  Wi' his destroying haun'.

His wild an' ruthless howling storms,
  'Mang leafless wuds I hear,
In raging wrath as if they wou'd,
  Them a' tae pieces tear.

8

An' noo the drumlie drowsy sun,
   Quite wearied like does rise,
An' wades deep through the watery clouds,
   Alang the gloomy skies.

For rain an' hail in torrents fa',
   An' sleet drives ower the plains
Till burns row doon in foaming floods,
   An' roar lood through the glens.

Ilk place aroond is dreary like,
   Baith mountain, glen, an' shaw,
Nae bonnie flowers noo deck the braes,
   For they are a' awa'.

December storms like wasting wars,
   Amang the human kind,
Spread desolation in their track,
   An' leave sad wrecks behind.

But bonnie smiling spring will yet,
   Awake the sleeping flowers,
Arouse again the warbler's sang,
   An' clead the leafless bowers.

Then let December dae his worst,
   Short will be his career;
For aff he'll gang wi' the last groan
   O' the expiring year.

UNHAPPY JOCK.

THERE'S mony ups an' doons in life
 Between the cradle an' the grave,
As Jock said tae his drucken wife
 When she fell, an' began tae rave
Aboot her lads she had langsyne,
An' counted owre some aucht or nine.

Blin' fortune's wheel is aff the fair,
 An' waggles sair as it rins roon ;
Sae flings tae ilka ane their share
 O' luck, as it babs up or doon.
Tae some a rich unhappy lot,
An' some content wi' scarce a groat.

But Jock in pairt was cause himsel'
 O' ae big trouble o' his life,
For he for siller courted Nell,
 An' got wi' it a drucken wife.
Noo it wad be a doonricht shame
To gie blin' fortune a' the blame.

Some folk think walth maks them genteel,
 An' witty, noble, wise, an' braw,
While base ambition gars them speel
 Tae heights frae whilk they aften fa'.
Wi' shattered pride, an' grief intense,
The sport o' folk o' common sense.

Wha let pride lift them owre far up
 Are sure tae get a dirty fa' ;
Wha drinks o' wine the biggest cup,
 Their senses soonest gang awa'.
Sae keep doon laigh, the wine-cup spare,
An' court for love, but naething mair.

THE ROAD O' LIFE.

UPON the rugged road o' life,
    We've hills tae speel, an' howes tae cross,
Fause frien's tae meet, wi' troubles rife,
    An' whaur tae gang whiles at a loss.

But upricht men keep on their road,
    Wi' joy 'midst sunshine, or 'mang snaw,
Are aye content an' trust in God,
    An' fearna storms though wild they blaw.

An' honest man, wi' just intent,
    Tae ilka body, big or sma',
Speels hardship's brae, tho' geyan faint,
    An' tho' he slides, he doesna fa'.

Far different is the selfish loon,
    That cheats his neebours ane an' a',
Tho' gey far up, he tumbles doon
    'Mang dirt, an' canna rise ava.

Ill-gotten gear is never bless'd
    In cottage, tent, or lordly ha',
It vanishes like morning mist,
    Or else taks wings an' flees awa'.

Then let me try as far's I can,
    Tho' gey thin shod for life's rough road,
Tae imitate the honest man,
    Aye be content, an' trust in God.

THE EMIGRANT'S FAREWELL.

FAREWELL my native land, I must away,
    Far, far from thee, o'er raging seas' wild foam,
To seek some place, where I may find repose,
    But still I'll love thee, thou'rt my dearest home.

Misfortunes gather'd as my years advanc'd,
    Stern, ruthless tyranny has crush'd me sore ;
Base, sneaking avarice has grasped my all,
    And poverty now drives me from your shore.

Farewell my humble cot, and meadows gay,
    Where oft in youth, I've gather'd lovely flowers,
Farewell ye rocky hills, and placid lakes,
    Ye bushy glens, with all your leafy bowers.

Flow on 'midst blooming flow'rs, bright sparkling streams
    Unite your murmurs with the sighing breeze ;
And join your music with the warbling throng,
    Who sweetly sing among the leafy trees.

Rise from thy dewy nest, sweet warbling lark,
    Hail with thy sweetest song, the coming day,
Breathe forth your sweet perfume, gay, blooming flowers,
    To cheer some wand'rer when I'm far away.

I yet will cast one ling'ring look behind,
    Before your heath-clad hills fade from my view,
And with a bleeding heart, and tearful eyes,
    Will bid you then, a long, a last adieu.

TO THE OCEAN.

MIGHTY sea ! thy swelling tide,
Doth nations far apart divide,
     And yet thou art the road,
That joins them in commerce and trade,
And where is vividly display'd
     The wisdom and the power of God.

For He has fixed by His decree,
A bound'ry all around for thee,
     Which thou can ne'er pass o'er ;
But must obey His great command,
And stop when thou com'st to the sand,
     That lies along thy wave-wash'd shore.

Then tho' the howling tempest raves,
And lash to fury thy wild waves,
     Till foam is o'er thee spread ;
Thus far in wrath thou mayest flow,
But farther thou shalt never go,
     For here shall thy proud waves be stayed.

SUTHERLAND EVICTIONS.

MOURN, Scotia, for your Celtic race,
    Now forcèd from their fatherland,
And brand for ever with disgrace,
    The cruel lairds of Sutherland.

Such traitors of their country ought
    Be held in scorn and censured be,
For banishing a race who fought,
    To set their own lov'd country free.

Grieve that such petty tyrants may
  The noble name of Britons claim;
While vividly their acts display,
  That they disgrace a Briton's name.

Their deeds will never be forgot,
  But to posterity remain
In Scottish history a blot,
  A black and everlasting stain.

August, 1855.

———•◦•———

MY NATIVE LAND.

MY native land! your hills and plains;
  Your lochs an' burnies clear;
Your wuds, an' knowes, an' cheerfu' sangs,
  I lo'e them a' fu' dear.

Your hardy sons, an' maidens fair;
  Your heroes, rocks, an' glens,
Hae a' inspired your bards tae sing
  Your praise in lovely strains.

Land o' the brave! my father's land—
  Land o' poetic fame!
Nae tyrant e'er has you enslav'd,
  Or coward stain'd your name.

The hardy heather on your hills
  The wildest tempest braves;
An' on your plains, in fearless pride,
  The noble thistle waves.

An' sweetly echoing thro' the wuds,
    In notes baith loud an' clear,
Auld Scotland's martial music soonds,
    That ilka ane does cheer.

The pibroch—freedom's noble strain—
    Tae Scotchmen's hearts gaes hame,
An' kindles yet the patriot lowe
    O' Wallace, Bruce, an' Graham.

Lang may your bonnie heather bloom ;
    Your thistle proudly wave ;
Your bagpipes soond forth freedom's notes,
    An' your stout sons be brave.

An' may their noble, daring deeds,
    Add honour tae your name,
An' shove ye aye the heigher up
    Upon the wings o' fame.

SCOTLAND'S BAIRNS.

HURRAH ! for Scotland's hills and dales,
    Her castles an' her cairns ;
Her wuds an' glens and wimplin' burns,
    And her true-hearted bairns.

Tho' ye wad seek the warl' a' through,
    There's no anither place,
Whaurin ye'd fin sic hardy chiels,
    As 'mang the Scottish race.

Their country's richts in days o' yore,
  Their fathers aye maintain'd,
An' the brave spirit o' their sires,
  The bairns hae yet retain'd.

What power on yirth can them enslave?
  They're noble, brave, an' free,
They winna flinch in freedom's cause,
  Nor yield tae tyranny.

On snawy wilds, or Indian plains,
  Their valour is the same,
They are a dread tae a' their foes,
  Wha tremble at their name.

They're ne'er the first tae raise a quarrel,
  But if forc'd tae begin,
Let them that dare their wrath arouse
  Tak' guid care o' their skin.

Success then tae the noble chiels,
  A' honour tae their name,
They'll staun their ain whaure'er they gang,
  An' ne'er disgrace their hame.

Then, let us gie three hearty cheers,
  For Scotland, freedom's mither,
Her stuffy bairns, her thrissle green,
  An' her braw bloomin' heather.

A STORM AT NIGHT.

HOW dreadful is a night upon the shore,
    When foaming waves with tempests wild are driv'n,
In one long, loud, tumultuous, deaf'ning roar,
    While pitchy clouds with thunder bolts are riv'n.

How wild, terrific, oh! how grand, sublime,
    When all above, below, around, afar,
Is one vast, troubled, gloom-enshrouded scene,
    Of wild contending elements at war.

Now awestruck, trembling nature stands aghast,
    When tempests howl, and lightnings rend the clouds,
When bending trees groan 'neath the ruthless blast,
    And melancholy gloom the earth enshrouds.

What mind can comprehend the mighty power
    Of Him, who holds up all things with His hand,
Who bids the dark and gloomy tempest lour,
    Or stills the elements at His command.

THE HIGHLANDER'S RETURN.

WHEN Colin frae war's bluidy strife was returning,
    Wi' licht heart he trudg'd on, tho' shatter'd an' lame,
In heigh hopes o' meetin' his frien's hale an' hearty,
    Tae welcome him back tae his ain Hielan' hame.

His breast shin'd wi' badges o' honour an' merit,
    An' weel he deserv'd o' oor rulers far mair;
For lang he had fought wi' a courage undaunted,
    An' bled for his country baith aften an' sair.

C

His speerits grew lichter, as hameward he daunert,
   An' aye as some kent place cam' into his view,
He gaed on the faster, altho' he was wearit,
   An' tho' sair forfochten, the stronger he grew.

When he cam' in sicht o' the braes an' the burnie,
   Where aft he had waded, an' pu'd nits an' slaes,
He thocht then his hardships an' toils a'maist ended,
   An' noo wi' his frien's, he wad spend a' his days.

But ah ! when he cam' to his ain native biggin',
   The thack was a' aff't, an' the cabers were bare,
The yaird dyke was doon, an' a' things lay in ruins,
   An' naething but wild desolation was there.

He glower'd thro' a hole, whaur there ance was a window,
   But father or mother nae whaur cou'd be seen,
An' when that he saw that his fond hopes were weckèd,
   His heart it grew grit, an' the tears fill'd his een.

Sic is the reward o' oor country's defenders,
   Oh, shame on oor nobles, oor country's disgrace,
Wha drive frae their hames, the brave sons o' the mountains,
   An' for selfish pleasure put deer in their place.

Ah ! Scotland, your glory is fast, fast departin',
   Wild ruin noo strides owre your mountains in haste,
Mean tyrants hae spread thro' your glens desolation,
   An' mony braw straths are noo lyin' a' waste.

WINTER.

NOO winter's cauld an' bitter blast,
    Raves roon my auld bit biggin',
An' whiles in wild relentless wrath,
    Rives divits aff its riggin'.

An' drives the whirlin' drift an' snaw,
    Like mist owre hill an' moor,
Till wreaths lie heigh at ilk dyke back,
    An' roon aboot the door.

Noo wee birds gether intae flocks,
    An' flee aboot the stacks ;
An' paitricks coor amang the snaw,
    For biel at the dyke backs.

An' heigh in air at gloamin' grey,
    Is heard the soughin' wings
O' wild ducks in their rapid flicht,
    Gaun aff in search o' springs.

The hungry hares steal tae the yairds,
    An' eat the kail at nicht,
But faithless snaw tells whaur they've been,
    As soon as it is licht.

Then man, on cruel sport intent,
    Tak's oot his dog an' gun ;
An' tracks the puir things tae the bent,
    An' shoots them for his fun.

Keen curlers noo wi' cowes an' stanes,
    Gang early aff frae hame ;
Tae meet their neebours on the ice,
    Tae hae a roarin' game.

An' when they get their tees a' made,
    They skill an' fun display ;
They, draw, an' guard, an' wick, an' strike,
    An' loup, an' cry hurrah !

Tho' winter is baith coorse an' cauld,
    It aft does pleasure yield,
When folk hae walth tae tak' an' leave,
    An' in a cozie bield.

But aft when by oor chimley cheek,
    When winter is severe,
We little ken what ithers feel,
    Or what they hae to bear.

Think on the stranger far frae hame,
    Aft hungry, wat, an' cauld ;
An' them wha are oblig'd to beg,
    When they are growin' auld.

The widow wi' her helpless weans,
  That's left wi' scanty means,
An' is in want o' meat and claes,
  An' destitute o' frien's.

Think what her bleeding heart maun feel,
  When greetin' at her knee,
Her starvin' weans cry for a piece,
  An' she has nane to gie.

Oh, pity them that are in want,
  An' crush'd wi' grief an' care,
An' help them a' that e'er ye can,
  Tae keep them frae despair.

An' if ye hae a bite tae spare,
  Gie some o't tae the poor,
An' never let a hungry wean,
  Gang greetin' frae your door.

Gie what ye can, wi' lib'ral haun,
  An' ye will never miss'd,
Ye'll aye get far mair than ye gie,
  An' for't ye will be bless'd.

TO MOUNTAIN DAISIES IN DECEMBER, 1857.

SWEET modest flowers what brought you here,
  At this cauld season o' the year,
Why hae ye rais'd your tender forms
To perish in the winter storms ?

Ye surely hae been sair mista'en,
Or else ye in your beds wad lain,
Till laverocks had begun tae sing
Their welcome tae the infant spring.

But aiblins gratitude ye bear,
Tae the auld mild expiring year,
An' his past favours mak's ye rise,
That ye may crown him ere he dies.

Whate'er the cause, ye now do bloom,
In cauld December's deepest gloom,
On wither'd lea, like gems fu' braw,
As pure an' white as driven snaw.

Ye're welcome here ye bonnie flowers,
When simmer smiles, or winter lours,
Ye're aye sae lovely, sweet, an' fair,
Ye brighten up this warld o' care.

If mildness life tae flowers impart,
Sae kindness cheers the human heart,
An' wha tae us true friendship show,
Tae them our gratitude should flow.

A STAR IN THE STORM.

AFT when dark clouds the skies o'ercast,
   An' cauld the win' does blaw,
When nicht's deep shades are gatherin' fast,
   An' day has gane awa'.

When burns row doon in foamin' floods,
   An' roarin' loups ilk lin,
While fitfu' blasts rave thro' the wuds,
   Wi' soughin' eerie din.

Ev'n then, when gloom the earth enshrouds,
   An' elements do war,
We aft see thro' the op'ning clouds,
   Some bonnie blinkin' star.

But tho' the wee bit orb o' licht,
   May shine but unco brief,
Yet it dispels the gloom o' nicht,
   An' gi'es the een relief.

Sae when misfortunes' bitter blast,
   Wi' grief an' wae combin'd,
Around our life their shadows cast,
   An' cloud our troubl'd mind.

Or when in poverty we pine,
   An' sorrows press us sair,
If but ae ray o' hope does shine,
   It drives awa' despair.

I'LL TUNE MY RUSTIC REED AND SING.

AS lang as I ha'e win' to blaw,
    I'll tune my rustic reed an' sing,
O' growlin' winter's frost and snaw,
    An' o' sweet smiling, cheerfu' spring.

I'll sing o' summer's flowers sae fair,
    An' o' the lintie on the thorn,
As weel's the lavcrock heigh in air,
    An' autumn's gowden fields o' corn.

'Mang storms an' when deep stillness reigns,
    Sweet nature's face I oft will scan,
Enraptur'd midst the changing scenes,
    An' paint their beauties if I can.

An' when nicht's gloom my vision mars,
    When howlets screech, an' bats flee by,
I'll watch the bonnie twinklin' stars,
    An' sing the wonders o' the sky.

I'll court the muse in wud an' glen,
    Tae sing some o' her sweetest lays,
Till echoes ring o'er hill an' plain,
    Baith far an' near in Scotland's praise.

I'll aye sing on at some bit verse,
    As lang's my reed will bide in tune,
An' if at times I dae grow hearse,
    Ev'n then I'll try tae mak a croon.

THE FAREWEEL.

FAREWEEL sweet land whaur freedom dwells,
    Nae country thee surpasses
For honest, brave, an' hardy men,
    An' modest bonnie lasses.

Fareweel, my native land, fareweel,
    O' wae I am tae leave thee,
But crooked fate sen's me awa',
    An' that the mair does grieve me.

The springs o' sorrow fill my een,
    Life's thread is like tae sever,
When I've tae pairt frae a' that's dear,
    An' aiblin's sae for ever.

Fareweel ye bonnie wuds an' glens,
    Whare I was fond o' roamin',
Tae hear the cheerfu' mavis sing,
    Her hin'most sang at gloamin'.

An' fareweel bonnie heights an' howes,
    Ye lochs, an' rocky mountains,
Ye pleasant plains, an' whimplin' burns,
    Ye waterfa's an' fountains.

An' fare-ye-weel baith frien's an' hame,
    Tae bide fate winna let me,
But while life's crimson burnie rins,
    I never will forget ye.

HIGHLAND DESOLATIONS.

HOW lovely the land, tho' its glory has passèd
    Where nature in all her wild grandeur displays,
Her deep rapid rivers, her lakes clear and placid,
    Dark glens, rocky mountains, and sea-washèd bays.

The home of a people, no foe ever daunted,
    Who bravely have fought both on flood and on field,
In their lov'd country's cause whene'er they were wanted,
    They conquer'd or died, but they never would yield.

Free hearted and gay, hardy, brave, kind to strangers,
    Feeling for the distress'd, and griev'd for their woes,
Unflinching in battle, and foremost in dangers,
    A terror to tyrants, a dread to their foes.

When Romans in height of their glory intended,
    To make all known nations submit to their yoke,
The brave Celts stood forth, and their country defended,
    And made them recoil like proud waves from a rock.

Tho' oft with the foes of their country they've striven,
    And could yet strive with them, as they've done before,
Their only reward, is, by being forth driven,
    To seek for a home on some far distant shore.

Low tyrants with ruthless injustice are taking,
    Both houses and lands from the brave Celtic race,
But justice triumphant ere long will awaken,
    And brand their oppressors with shame and disgrace.

The straths and the glens are now lone and forsaken,
 And heaps of grey stones mark their once happy homes,
Their lands are o'ergrown now, with wild brier and braken,
 Where timid wild deer now in solitude roams.

How lonely the braes, and the clear bubbling fountains,
 Now haunts for the wild duck, the grouse, and the hare,
Where youths danc'd so gay by the streams of the mount-
 ains,
 When skylarks were singing their songs high in air.

Deep silence now reigns on the hills clad with heather,
 And round the steep rocks fring'd with hazel and fern,
Where pibrochs were heard for the clansmen to gather,
 At the chieftain's lone grave, or fog cover'd cairn.

How dreary the glens, where the deep rapid rivers,
 Dash wildly in foam o'er rocks rugged and high,
While white fleecy spray sparkles clear as it quivers,
 And the rocks echo back the wild eagle's cry.

A deep hollow murmuring from caverns forth rushes,
 (As in wrath for the brave, wrong'd Highlander's woe),
While struggling sunbeams hardly pierce thro' the bushes,
 To light up the dark surging torrent below.

Dark now are the lakes where the wild fowl in numbers
 Float quietly unseen 'neath the wild rocky steep ;
Where echoes are never arous'd from their slumbers,
 Except by the raven, the wild deer or sheep.

Ah ! Scotia mourns, for her thistle is blighted,
 And lies on the graves of her chieftains of yore,
Her wrongs and her grievances now are all slighted,
 Her brave hardy sons are expell'd from her shore.

Her legal just rights have too long been unheeded,
    And a slight on her brave, hardy people is cast,
True patriot spirit is all that is needed,
    To cause a bright bow on the dark cloud that's past.

Stand forth then brave Scots for the rights of your country,
    You still are as brave as your sires were before,
You yet can repel every tyrant's effrontery,
    By true Scottish valour as they did before.

Unite and your country defend from oppression,
    Why calmly look on as if Scotsmen were slaves?
Why think that your just rights are but a concession?
    Ah! look to the blood round your forefathers' graves.

Stand firm then, true Scotsmen, you never were frighted,
    Tho' often—too oft—has your courage been tried,
And tho' your lov'd thistle has sometimes been blighted,
    Rejoice that your lion has never yet died.

1855.

———◦•◦•———

A CALM 'MIDST THE STORM.

THE drumlie, drowsie winter's sun
        Was wadin' deep 'maist oot o' sicht;
His short day's race he'd nearly run,
    Hard follow'd by the shades o' nicht,
While bitter frosty win's did blaw,
Mix'd here an' there wi' flichts o' snaw,
That whirl'd an' danc'd as they flew past,
The token o' a comin' blast.

As nicht drew on, it darker grew,
For deeper gloom o'ercoost the lift,
The snaw mair thick an' faster flew,
An' screev'd alang in clouds o' drift ;
The ragin' storm my biggin' batter'd,
Till cabers craz'd, an' windows clatter'd,
Howl'd 'mang the trees its clritch sang,
Whilk doon the lum like thunder rang.

I musing sat an' heard the din,
O' the wild howlin' tempest's strife,
An' thocht them bless'd wha'd peace within,
Amidst the witherin' storms o' life.
Such are the puir, when bless'd wi' health,
Free frae the cankerin' snares o' wealth,
Wha hae as much as frichts aff care,
Wi' nae desire for ony mair.

Wha tae their lot dae square their mind,
Ilk diff'rence mends wi' love's cement,
Strive tae be honest, sober, kind,
An' gilds a' hardships wi' content,
Tho' their bright hopes are aft o'ercast
By disappointment's blighting blast,
Yet a' their comforts dinna cease,
The lowly mind has always peace.

A KEEK AT THE POETS.

'VE keekit back thro' days o' yore,
　　As mony mae hae done before,
An' at the poets ta'en a glow'r,
　　　　　At antrin turns;
But nane I've seen in jinglin' lore,
　　　　　Comes up tae Burns.

His mind was o' a power immense;
In love, his feelings were intense;
He had great dauds o' common sense,
　　　　　Wi' noble pride,
A thocht tae cringe for pounds an' pence,
　　　　　He cou'dna bide.

O' base misrule Rab fan' the smart;
But, oh! he had the patriot's art,
Truth's fearless, gleg, resistless dart,
　　　　　Wi' pith tae throw,
That pierc'd corruption tae the heart,
　　　　　At ilka blow.

When in the kirk the stoops were wrang,
His bow he bent wi' satire strang,
Wit's barbèd arrows then he flang
　　　　　Wi' force an' speed,
Till vile hypocrisy he dang
　　　　　Clean heels owre head.

Whar cou'd ye fin' anither man
Wha nature's beauties sae cou'd scan,
An' paint them a' wi' master han',
　　　　　That nane can ding;
Whilk noo mak's bards a' glowerin' stan'
　　　　　Wi' nocht tae sing.

Baith hill an' dale, an' ilka flower,
The frost an' snaw, an' sunny shower;
The whimplin' burn, an' leafy bower,
      An' water fa';
The lover's tryste, an' social hour,
      Rab sang them a'.

A' rhymers noo may try in vain,
A laurel for their pows tae gain,
Tho' they may sing some gey sweet strain—
      Oh, wae's me! for them—
Far, far behin' they will remain,
      Rab's aye before them.

Nae upstart jinglers will succeed
Tae rive the wreath aff Rabbie's head,
Sae they may doff the poet's weed
      In fell despair,
An' fling aside the rustic reed
      An' rhyme nae mair.

TO A FRIEND.

A HAPPY new year tae ye a',
    May routh o' health be sent ye;
May shoors o' plenty roon ye fa',
    An' may ye be content aye.

May ye o' siller ne'er be scant,
    May love bide in your dwallin';
May pale-fac'd poverty an' want,
    Ne'er glower ben by your hallin'.

May nae misfortune great or sma'
    Against the wa' e'er push ye ;
Ye'll no be unco ill ava',
    If ye're as weel's I wish ye.

Gie my respects tae Willie Hogg,
    For he's a dainty chiel ;
May he ne'er wauner in a bog,
    But lang be hale and weel.

An' may his muse as years row roon,
    Aye keep frae growin' hearse ;
That he in raptures sweet may croon
    Some new and touching verse.

----♦----

NEW YEAR'S HYMN.

WE thank Thee for Thy mercies, Lord,
    Throughout the year that's run ;
And pray Thee to protect us still,
    Through this new year begun.

Through all our life with tender care,
    Thou hast us onward led,
And with an ever bounteous hand,
    Thou hast us cloth'd and fed.

But though Thy tender mercy, Lord,
    Has ever us upheld,
We oft in thought, in word, and deed,
    Against Thee have rebell'd.

O wash our sin-polluted souls
  In mercy's fountain clear,
And clothe us with salvation's robe,
  That we may white appear.

And when the last expiring year
  Of time convuls'd shall end,
May we in heaven, with Christ appear,
  Our Saviour and our Friend.

A DAISY IN WINTER.

NOO gusty win's wi' mournfu' wail,
  Are sweepin' owre baith hill an' vale,
    An' thro' the leafless woods ;
While trees stript o' their simmer's bloom,
Are waefu' like in winter's gloom,
    An' burns row doon in floods.

But yet the daisy on the lea
Lifts tae the sun its watery e'e,
    Beside some clod or stane ;
There in sic scanty biel it cow'rs,
An' tho' sair tash'd wi' sleety show'rs,
    It blooms fu' braw its lane.

Emblem o' those o' humble hearts,
That honestly act weel their parts,
    That God to them has giv'n ;
Tho' in adversity they pine,
They tak' their lot and ne'er repine,
    But aye look up tae heav'n.

D

ADDRESS TAE STRAUGHT HOWE ICE.
(FRAE AN AULD COWE.)

HE Bathgate curlers wi' their brooms
Are chokin' fu' o' wrathfu' fumes,
As strong's wad burst a blether;
Because they've been tap-dressed gey weel
By some bit honest muirland chiel,
That bides amang the heather.

He surely is a fearless loon
Tae crack sic sprousers on the croon,
An' bring on them the staggers;
But wha could thole their bletherin' mouth,
When they'll no keep tae naked truth,
They are sae michty braggers?

It's nae great fau't tae sprouse awee,
When words an' actions aye agree,
Ev'n by a braggin' billie;
But if folk print or sprouse an' blaw
That they are what they're no ava',
It shows them mean an' silly.

Tae Bathgate curlers I wad hint,
When they their vict'ries put in print,
The public may inspeck it;
Sae when they forth sic statements bring,
If they're no gaud they needna fling,
When something wrang's deteckit.

Noo frien' Howe Ice, 'tween you an' me,
A's keepit richt, frae tee tae tee,
While stanes roar lood as thunner;
Sae, then, if men wad just play fair,
An' aye play straught, we needna care,
For oor pairt, wha's the winner.

1865.

TO ROTHESAY CASTLE.

AULD hoary pile, whose weather-beaten form
    Tells plainly that ye better days hae seen,
Ere ye were batter'd by time's ruthless storm,
    Or cover'd wi' your ivy mantle green.

Nae doot, in time far distant in the past,
    When ye was new, ye wad be snod an' fair;
But twice four hunner years hae roun' ye cast
    Their passin' shadows, an' hae chang'd ye sair.

If ye could speak an' tell what ye hae seen,
    What ancient stories ye could yet unfold—
How kings within your lofty ha's hae been,
    Wi' bloomin' maidens an' brave barons bold.

Ye'd tell o' feudal strifes, an' bluidy wars,
  An' how in your defence brave patriots fell,
While ye hae stood, an' yet can show the scars,
  That barb'rous hordes hae left upon yoursel'.

But noo deserted, an' thro' mean negleck, .
  A mouldrin' relic o' langsyne ye stan';
Nane heeds ava' tho' ye gang a' tae wreck,
  Nor tries to save ye frae time's wastin' han'.

If I'd the means, I really hae the heart,
  When I look at your ancient crumblin' tow'rs,
Tae tosh ye up wi' lime in ilka pairt,
  An' plant aroun' ye lots o' bonnie flow'rs.

An' tho' ye are noo geyan sair defac'd,
  Ye wad then snodder look, an' langer last,
An' in your shatter'd form could aye be trac'd
  The link that join'd the present to the past.

Oh, what a pity if ye meet the fate
  O' worth an' merit in the present day—
Be aye neglected till it is too late,
  An' then lamented ye will pass away.

1861.

ELEGY TO THE HONOUR OF ROBERT BURNS.

(WRITTEN FOR HIS CENTENARY.)

RESPECT with honour due the name
Of him who rais'd himself to fame,
   The ploughman poet Burns,
Now number'd with the honoured dead;
His crown of laurels ne'er will fade,
   Yet Scotia for him mourns.

Yes, Scotia mourns with sad regret
His slighted worth, and his hard fate
   Of poverty and gloom;
That wondrous star of mental might
Was never seen in his full light
   Till setting in the tomb.

That meteor rare, so sparkling clear,
Was only seen to disappear,
   But left behind such rays
As do exceed in brightness far
The light of any other star
   That has shin'd since his days.

An honest man, of humble birth,
Of genius bright, and sterling worth,
   But doom'd to labour hard;
Triumphing o'er hard Fortune's frown,
He rais'd himself to great renown,
   As Scotland's sweetest bard.

Whene'er his fancy took its flight
To haunted walls at dead of night,
   Or when it soar'd away
To flowing streams and flowery glades,
Their beauty, and their lights and shades
   How well he could pourtray!

He cast a kind of magic spell
Alike on river, wood, or dell,
       Whenc'er he sung their praise;
And still that spell does on them rest,
And makes them dear to every breast,
       And will, to latest days.

He lifted Scotland's unstrung lyre,
And tun'd it to a pitch far high'r
       Than e'er it was before;
Such rapt'rous music then arose
As ne'er has ceas'd; and as it flows
       It charms life's inmost core.

Within his manly breast did glow
True sympathy for others' woe
       When press'd with love or grief,
And tho' his lot was oft the same,
He rous'd the bright poetic flame,
       To give his heart relief.

His tender heart did always bleed
For those in sorrow, pain, or need;
       An' tho' oppress'd with care,
A tim'rous, hungry, wounded beast
In him found sympathy at least,
       His feelings were so rare.

He even mourn'd a daisy's fate,
Crush'd down beneath the furrow's weight
       In tender youthful bloom;
He in that daisy's fate did see
A sad presage that, likewise, he
       Would fill an early tomb.

His country's wrongs, his country's woes
He did lament, he did expose,
       With patriotic fire.
That man to man might yet be just
Was his most earnest hope and trust,
       It was his heart's desire.

It was his wish that wars might cease,
And that true friendship would increase,
       That love would discord smother,
That every man in every land
Would take his neighbour by the hand,
       And count him for a brother.

A hypocrite he could not bide,
Nor empty fops stuff'd full of pride,
       Tho' they were of high birth;
But humble men with hearts sincere
He did respect, he lov'd them dear,
       When they were fond of mirth.

A miser he could ne'er endure,
Nor those that scorn'd the humble poor
       With dignified disdain;
Well knowing that a noble mind
Amongst the poor we often find,
       But not amongst the vain.

Rich numskulls who had great pretence,
And thought that money stood for sense,
       He mortally abhorr'd;
But good plain modesty and truth,
Wherever found, in age or youth,
       Were by him much ador'd.

He did possess a mighty mind,
And had a love for all mankind,
      And did his powers employ
To break might's ruthless tyrant band,
That rich, and poor, in every land,
      Their just rights might enjoy.

In all the diff'rent grades of men
Each has his failing, fault, or stain;
      And he was like the rest;
But he was free from falsehood's art,
A kinder or a nobler heart
      Ne'er fill'd a human breast.

Then grieve not, Scotia, for your son,
For he for you has honour won
      By his undying fame;
Why mourn now for his early fate?
His slighted worth you may regret,
      But glory in his name.

Yes, you may glory (free from blame)
In your respected poet's name,
      Since men o'er all the earth
His name both honour and revere
With great respect, and year by year
      Do celebrate his birth.

Yes, and as years on years roll on,
When all now living will be gone;
      As Janu'ry returns,
Men will be found, and not a few,
Who will respect, with honours due,
      The memory of Burns.

— •~ —

ADDRESS TO THE REV. FERGUS FERGUSON.

MAN, Fergie, ye're an awfu' han',
    Yer like is no in a' oor lan',
For thunderin' oot yer curse an' ban'
      Upon the head
O' a real honest-hearted man,
      That's lang been dead.

Nae doot ye think yersel gey braw,
A very saunt, without a flaw,
But ye hae fau'ts, far mair than twa,
      I'll lay my head,
And nane will worship you ava'
      When ye are dead.

Man, trail the beam oot o' yer e'e,
An' then ye will far clearer see
That Burns, whate'er his fau'ts micht be,
      The truth tae tell,
Was freer o' hypocrisy
      Than ye're yersel'.

While scanning an auld volume through
I read o' preachers not a few,
An' ane, amaist as guid as you,
      Wha thus begins,—
" Noo, charity, when it is true,
      Hides lots o' sins."

That preacher didna fash his head,
Tae rake up failings o' the dead,
But only hinted we hae need
      O' love an' grace ;
But ye are o' a diff'rent creed,
      Tae your disgrace.

Neist time ye mak' a big tirade,
Just try it on the priestcraft trade,
Its guile an' fraud, its licht and shade,
         At antrin turns ;
Then ye will fin' mair can be said
         'Gainst it than Burns.

TO ROBIN REDBREAST.

FAIR fa' thee, Robin, sweet ye sing,
    Tho' cauld November win's do blaw,
As cheerie as if it was spring,
         Clear, warm, an' braw.

Wee, social bird I like ye weel,
   For tho' your days an' nichts are spent
In hardships, wantin' meat an' biel,
         Ye're aye content.

Ev'n when the trees wi' cranreuch hing,
   An' fields are a' clad owre wi' snaw,
Then on the hedge ye sit an' sing
         Your cares awa'.

Frae thee a' discontented folk,
   Micht learn hoo they shou'd act their parts,
Hoo they shou'd bear hard Fortune's shock
         Wi' cheerfu' hearts.

CARELESS JOHNNY'S COURTSHIP.

SAY, lass, are ye for a man?
  For I tell ye, as sure's I'm in life,
That I've ta'en a thocht tae get married,
  An' noo I'm in search o' a wife.

I'm no gaun tae fleech ye nor flatter,
  But tell ye my story straught oot;
Tak' tent, then, an' no be owre saucy,
  In case in a while ye may rue't.

I ken that the lasses look shywise,
  Although they are keen for a man,
An' like a great heap o' beseechin'
  Afore they will promise their han'.

But tent ye, I'm no sic a duffert
  As mak' tae ye ony fraca;
I'll no blaw ye up, ca' ye bonnie,
  Nor say that I'll keep ye aye braw.

I'm no gaun tae brag o' my warl's gear,
  But what I hae wi' ye I'll share;
An' if ye get aye the ae ha'f o't,
  I wonner what ye wad hae mair?

Noo dinna ye look sae disdainfu'
  Tae gar folk think ye're in a fyke;
Ye either can tak' me or want me—
  Ony o' the twa ways ye like.

I'm fear't that ye'll miss the guid offer,
  An' after't will sairly regret;
For if ye ance let me awa',
  The same chance again ye'll ne'er get.

I'm aye just as plain as I'm pleasant,
   Sae, lass, ye maun say aye or no ;
An' if ye'll but say ye'll no. hae me,
   Straught aff tae anither I'll go.

———•◊•———

ANSWER TO CARELESS JOHNNY.

MAN, Johnny, yer offer is temptsome ;
   But, losh man, 'twad be kittle wark
Tae fling up at ance a' oor freedom,
   An' tak' sic a loup in the dark.

Nae doot we're a' keen tae be married,
   An men are whiles no unco rife ;
But we maun tak' tent, an' be wary,
   For mind, it's a bargain for life.

Tae loup like a cock at a grosset
   At ilka bit bodie we see,
May dae unco weel for some tarlochs,
   But, lad, it'll no dae for me.

Man, tho' ye look no unco daftlike,
   An' no sae wee boukit ava',
There's something I likena about ye,
   I'm feart ye're a real Johnny raw.

An' ye've sic a droll way o' courtin',
   I'm fear't ye will never succeed,
For lasses will laugh at yer havers,
   An' think ye are wrang in the head.

I dootna but what ye hae siller,
   An' aiblins a haddin fu' braw ;
But if ye want love an' affection,
   Ye're no worth the ha'en for't a'.

There's naething but real true affection
   Can e'er wi' my stammock agree ;
An' I doot ye've little tae spare o't,
   Sae, lad, ye will no dae for me.

An' noo ye can tak' yer bit dauner
   Tae ithers as fast as ye can ;
They'll no be owre nice, but gey needfu',
   Whaever tak's you for a man.

———◦∞◦———

THE AULD MAID'S ADVERTISEMENT.

I WONNER what's come owre the lads,
   There's nane comes here ava' ;
I'm sure I'm no sae unco auld,
   An' look gey weel an' a'.

O' muntin' I hae plenty o't,
   O' claes I am na scant,
An' I hae siller i' the bank
   Was left me by my aunt.

I hae a guid wheen braw silk goons,
   A hat wi' flow'rs aboot it,
A dizzen o' new sarks or mae,
   An' twa-three mair that's clouted.

I hae a heap o' drugget coats,
    Nae twa o' them's alike;
An' I hae lots o' blankets tae,
    An' twa-three wabs o' tike.

I hae a parasol an' a'
    I whiles tak' tae the meetin';
A pair o' boots that's maistly new,
    An' lots o' braw new sheetin'.

My presses are weel stored wi' delf,
    A' colours 'maist but green;
An' I hae some aneath the bed,
    That's hidden wi' a screen.

I hae a stock o' pats an' pans,
    A wheel a wee thocht rotten,
I hae a veil an' polka tae,
    I had amaist forgotten.

Noo ony chiel wha wants a wife,
    Whate'er his station be,
May soon commit a bigger fau't
    Than come an' marry me.

SHE'S HARDLY WHAT SHE SHOULD HAE BEEN.

COURTED Nanny lang an' true,
  An' lo'ed her as my very life,
For she seem'd gentle as a doo;
  At last I got her for my wife,
I thocht then a' my cares were gane,
  When I'd got sic a sonsy queen,
But o' wae's me, I was mista'en,
  She's hardly what she should hae been.

Life's joys seem big when seen afar,
  Thro' love or youthfu' fancy's e'e,
But disappointments often mar
  The pleasures that we hope tae see.
Sae Nanny in my een was fair,
  An' had twa bonnie sparklin' een,
But o' dear me, I'll say nae mair,
  She's hardly what she should hae been.

WINTER'S STORMS.

NOO winter's storms in fury wild
  Wi' horrid din are yellin',
An' whiles in savage wrathfu' rage
  Rive thack frae aff my dwellin',
An' whirl the stapples heigh in air,
Like craws, an' leave the cabers bare.

It's frichtsome when wild winter's win'
  Roars thro' the wuds like thunner,
An' doon the lum howls lood an' lang,
  Wi' mony a deaf'nin dunner
O' fearsome din, that mak's ane eerie,
An' gars the days an' nichts seem dreary.

I'm wae for those that are expos'd
    To winter's wild commotion,
O' ragin' win's, hail, rain, an' snaw,
    On lan' or on the ocean,
When gloomy tempests hide the skies,
An' foamin' waves to mountains rise.

I sairly pity a' on sea
    That 'gainst sic storms are strivin'
To keep their leakin' ships afloat,
    When a' their sails are rivin',
An' masts an' yards gaun a' tae wreck,
An' wild waves lashin' owre the deck.

An' those expos'd when owre the yirth
Cauld sleety rain is splashin',
'Till drumlie burns in ragin' spates
Owre stanes an' rocks are dashin',
In foamin' wrath and fearfu' soun',
An' floodin' ilka place aroun'.

I muckle feel for those afiel',
When frosty win' is blawin',
That drives alang the blindin' drift,
When snaw is thickly fa'in',
An' bigs big wreathes a'roun' the door,
An' smores up sheep on hill an' moor.

Then ootlyin' beasts to seek their bite
Are wadin' deep, 'maist lairin',
While robin sings upon the thorn,
The same's he wasna carin'
For frosty win', hail, rain, or snaw,
He can be cheerie 'mang them a'.

Oh blest are they, when winter reigns
Wha hae a roosin' ingle,
A cozie biel, wi' meat an' claes,
An' pouches that will jingle,
Wi' hearts to gi'e what they can spare,
To them wha ha'e a scantier share.

CAULD WINTER'S WIN'.

WHEN winter's win' comes frae the north
                Wi' bitter blaw,
An' brings frae far ayont the Forth,
                Big shoors o' snaw,
It mak's a body unco cauld,
Especially if they're growin' auld.

E

'Tis said, an' aiblins is a truth,
        When life begins
Men's bluid is warmest far in youth,
        An' faster rins
When he is speelin' up life's way,
Than when he's dauncrin' doon the brae.

Be that's it may, I ken fu' weel
        It is nae fun,
Tae be expos'd without a biel
        Tae winter's win',
When birds chirp 'mang the leafless trees,
An' a' the lochs an' burnies freeze.

Sae, let folk's bluid be warm or cauld,
        Rin slow or fast,
Or whether they be young or auld,
        The northern blast
If they're thin clad will mak' them feel
That they'd be better o' some biel.

Then, for a' helpless bodies, we
        Shou'd muckle feel,
Wha in distress an' want may be,
        An' far frae weel;
An' ilk ane feckless, frail an' auld,
Wi' nocht tae keep them frae the cauld.

Ye that ha'e walth tae tak' an' leave,
        Wi' some tae spare;
Oh, try the needfu' tae relieve,
        An' wi' them share
Yer extra store, ye'll never miss'd,
An' for sic acts ye will be bless'd.

THE WORKS OF TIME.

AS time steals by on noiseless wings,
　　And quietly eats up night and day,
He in his train each season brings,
　　But long he does not let them stay.

For tho' spring bursts dark winter's gloom,
　　With cheerful voice and smiling face,
And bids the flowers rise up to bloom,
　　Yet summer soon takes up her place.

But summer does not long remain,
　　Tho' drest with flowers in colours gay,
For autumn with her fruits and grain,
　　Comes burden'd, and sends her away.

Then winter comes to close the year,
　　And sends off autumn in her turn,
With howling blasts, and frosts severe,
　　And freezes up both loch and burn.

Thus do the seasons come and go,
　　In various dresses, yet sublime,
And all their several places know,
　　As markèd out by fleeting time.

Time meets all mankind at their birth,
　　And leads them on from stage to stage
In their short journey on the earth
　　But brings few forward to old age.

A few short fleeting years at most
  Make up the longest life of man,
But, oh, how vast the unnumbered host
  Whose days are measured by a span.

Time changes all things as he flies,
  Makes friends to meet and friends to part,
Unites and breaks the tend'rest ties,
  Wounds, and heals up the bleeding heart.

Man's strongest towers and works of art,
  He rents and shatters with his wings,
He breaks the ruthless tyrants heart,
  And hurls to dust the proudest kings.

He sweeps off empires in his flight,
  And scatters kingdoms to the wind,
Proud cities buries out of sight,
  And hardly leaves a wreck behind.

Before yon sparkling sun began
  To mark the bounds of day and night,
Or yet the earth was known to man,
  Time had begun his rapid flight.

And still with unabated force,
  He hurries onward night and day,
No mortal arm can mar his course,
  Or for a moment make him stay.

TO A DAISY.

23RD DECEMBER, 1864.

OH bonnie wee sweet modest flower
  What's made thee rise sae late tae bloom?
'Maist at the auld year's dying hour,
  In dark December's deepest gloom.

Nae genial beams can warm thy bed,
  For noo the drumlie drowsie sun
Is aft wi' gloomy clouds o'erspread,
  An' soon his short day's race is run.

An' tho' thou lifts't thy gowden e'e
  Frae 'neath thy mantle white as snaw,
He canna cast ae blink on thee,
  He is sae laigh an' far awa'.

But tho' thou'rt doom'd in gloom to pine,
  'Mang mony a bitter blast severe,
Thou were not sent without design,
  But art on some grand mission here.

Thou'rt aiblins sent to cheer my heart,
  While wand'rin' o'er this dreary spot,
An' learn me to act weel my part,
  An' be contented wi' my lot.

Aft thro' the clouds in midnight's gloom,
  Some bonnie twinklin' stars appear,
Sae thou art risen noo to bloom,
  'Midst winter's storms oor hearts to cheer.

An' aiblins lang before thou fade,
   To some puir mortal pressed wi' care,
Thy tender form may yet be made
   A means to keep him frae despair.

Sweet flower, thou'rt like the virtuous mind,
   That braves hard fortune's bitterest blast,
To disappointments is resigned,
   An' blooms on lovely to the last.

TO WILLIAM HOGG.

(BELLSHILL.)

A HAPPY New Year tae ye a',
   An' may ye ne'er lair in the snaw,
Nor nae misfortune big or sma'
   Come near your biggin',
Nor yet mischievous pyats draw,
   Thack aff its riggin'.

May health, the best an' biggest blessin',
Amang ye a' ne'er be amissin',
An' happiness be ever kissin'
   A' in yer hoose,
An' may ye get walth o' caressin'
   Frae auld dame Muse.

Lang, lang, may ye be spar'd tae see,
The cheerie mavis on the tree,
An' roon the flowers the butterflee
   Dance mony a reel,
An' tae conclude, I say tae thee
   I wish you weel.

TO WILLIE (HOGG).

THE drivin' rain was peltin' sair,
    An' loud the howlin' storm did rair,
Till sturdy trees did crack an' quiver,
An' ilka burn row'd like a river.
An' howes, an' haughs, an' laigh lyin' leas
Were a' like lochs, or raging seas.
Wild, drumly tides, deep, dark, an' broon,
In foamin' wrath gaun swirlin' roon;
While gloomy clouds, in angry flicht,
Were keppin' back the rays o' licht.
   Sic was the scene when your last note
I frae the droukit postman got.
Puir chiel, his weather-beaten form
Was sair beleaguer'd by the storm;
But ne'er may care, he scorn'd it a',
He brav'd its wrath, an' snoov'd awa'.
   But, Willie, frien', I may you tell,
I wasna unco dry mysel',
For I was oot frae it was licht
Tae see that a' was keepin' richt;
For I was fear't the muckle spate
Wad gar oor banks a' tak' the gate
Doon by Gartness, an' far awa'
Tae some place 'yont the Broomielaw,
But sturdily they stood the test
Till ance the storm gaed tae its rest.
   Then, tho' I was baith wat an' cauld,
Your welcome note I did unfauld,
An' read it owre wi' canny care,
For it was precious, rich, an' rare.
I see be't that you yet intend
Tae rhyme on tae the chapter's end;

But sae you may, for you've the nack,
Forbye, the muse an' you are pack.
She shoors doon on ye walth o' favours
That, in her sulks, she keeps frae ithers ;
Sae her, I'm sure, ye'll never blame,
If that you miss a wreath o' fame.
    But, man, I had amaist forgot
Your bonnie, blythesome, " Whin-built Cot."
I think it is a real nice sang,
An' I see naething in't that's wrang
Except ae word that ends a line,
Whilk should be wave, instead o' twine ;
But whaur it is I needna tell,
You'll see't when ye look owre't yoursel'.
    Noo, Willie, haud ye tae the verse,
Lang may ye sing, an' ne'er grow hearse.
I hae nae doot, Fame will think fit
Tae crown you wi' a laurel yet.
    But noo, I think, it's maistly time
That I should quat this uncouth rhyme ;
Sae I'll fling doon my scrunty pen,—
Yours truly, Davie, at Hillen'.

SUNSHINE AND SHADE.

THO' dark louring clouds mar the sunshine o' simmer,
   An' cast a deep gloom owre the earth and the sky ;
Yet the bright orb o' day, an' nature's sweet beauty,
   Shine oot in mair splendour when ance they gang by.

Sae when youth's sweet joys are wi' sorrows enshrouded,
   An' dark disappointments bright prospects o'ercast,
Then hope's cheering beams may beget resignation,
   An' shine in contentment an' peace at the last.

THE STORM.

THE howling storm raves thro' the woods,
   The groaning trees uprooted crash,
The muddy streams roll down in floods,
   Loud thunders roar, and lightnings flash.

Dark troubled clouds o'erspread the sky,
   And on the gloomy mountains lour ;
The timid beasts to coverts fly,
   While rain and hail in torrents pour.

Oh ! pity now the homeless poor,
   Oft thinly cloth'd and poorly fed,
Who wander o'er the trackless moor,
   And have no place to shield their head.

Ah ! see, amidst the ruthless storm
   And war of elements so wild,
The tender mother's shivering form
   Bent low to save her weeping child.

And he whose life is ebbing fast,
   And traces of misfortune bears,
Now driven by the raging blast,
   And crush'd beneath a load of years.

Oh ! let the homeless orphan child,
   Who has no friends for him to care,
And wanders through life's stormy wild,
   Your sympathy and pity share.

But sordid misers pity more,
    Who for their neighbours' woe ne'er mourn,
Who care for naught but shining ore,
    And from their door the needy spurn.

And those whose base ambitious pride
    Brings woe on nations like a flood,
Who over truth and justice ride,
    And swim to power thro' seas of blood.

The raging ruthless storm may cease,
    The weary wand'rer rest may find ;
But miser's hearts can ne'er have ease,
    Nor bloody tyrants peace of mind.

----♦----

CONTENTMENT ;

Or, A Calm 'midst the Storm.

THE ragin' win' howl'd thro' the wud,
    Wi' elritch eerie din ;
In concert wi' the foamin' flood,
    That roarin' lap the lin.

An' angry clouds in whirlin' flicht,
    Were screevin' cross the sky,
When I cam' in at edge o' nicht,
    My droukit duds tae dry.

Then sittin' by the chimley cheek,
    Beside a roosin' fire ;
An' glowerin' at the speelin' reek,
    The muse did me inspire

Tae try a verse or twa tae form,
    While listenin' tae the hum,
O' the wild music o' the storm,
    Loud dunnerin' doon the lum.

Quo' I, the cares an' storms o' life,
    May roond about us flee ;
But they'll ne'er raise ae gust o' strife,
    Atween my wife an' me.

We'll sprauchle yont life's roughsome way,
    As canny as we dow ;
An' souther oor affections aye,
    In love's heart-warmin' lowe.

Tho' poverty's our neebor near,
    An' walth we never kent ;
We've gi'en the slip tae warldly care,
    An' joukit discontent.

Great lots in wild ambition's flicht,
    Try walth an' power tae gain ;
But aft wi' pride their heads grow licht,
    An' doon they clyte again.

A graspin' love for power an' wealth,
    Is nought but selfish greed ;
For if folk hae meat, claes, an' health,
    'Maist naething mair they need.

Sae let fools spiel pride's lofty knowe,
    That wad be big an' braw ;
But we'll slide yont life's humble howe,
    An' then we winna fa'.

— ◦◦◦ —

TO A RAINBOW.

PEACEFUL bow, how lovely is thy form,
  Upon the gloomy cloud, in colours gay,
Thou'rt come to tell us that the howling storm
  Has ceas'd its wrath, and soon will pass away.

Oft have I gaz'd upon thy arch so high,
  Embracing hills and plains within its span,
A glorious band that joins the earth to sky,
  And token of God's covenant with man.

To find great treasure underneath thy end,
  With lightsome heart and nimble feet I've sped,
But ere my youthful hopes could be attain'd,
  You my ambition mocked, and quickly fled.

But such are human hopes and prospects clear,
  Or worldly pleasures which we often chase,
Gay phantoms only, that soon disappear,
  Or vanish quickly from our fond embrace.

But tho' thou disappear'st thou'lt come again,
  From time to time, for thou a mission hast,
And on the clouds in splendour bright remain,
  To tell thy tale anew the storm is past.

WILL WARLDSWORM'S DREAM.

WILL WARLDSWORM was a wabster bred,
An' lang a bachelor's life had led,
But he took thocht tae change his life,
An' wad gang aff tae wale a wife
Frae 'mang the lasses far an' near,
That had the name o' walth o' gear.

Will was himsel' a kind o' laird,
For he'd a hoose, an' a kail yaird,
Wi' sibba beds, an' apple trees,
A rhubarb stock, an' skeps o' bees.

But Will had aye a kind o' fricht,
Tae dauner far frae hame at nicht,
For tho' nae coward oot an' oot,
He lang had haen a kind o' doot
That brownies, warlocks, ghaists, or deils,
Were no the very best o' chiels
Tae meet folk, when daylicht was gane,
On ony dreary road their lane,
But yet he thocht them silly asses,
That ghaists deterr'd frae seein' the lasses.

Sae ance when nicht her mantle grey,
Had thrown oot owre expiring day,
An' veil'd the last faint rays o' licht,
An' brought the twinklin' stars in sicht,
Will took a thocht he'd tak' the gate
Awa' tae see young, bloomin' Kate,
A walthy lass, baith snod an' braw,
That bade just twa-three miles awa'.

But he thocht it was rather sune
Tae gang awa', till ance the moon
Oot owre the eastern hills wad peep,
Sae he sat doon, an' fell asleep,

An' dream'd that he had ta'en the road,
Awa' tae Kate, an' on did plod
Owre parks, thro' wuds, an' glens, undaunted,
But keepit wide frae places haunted,
Whaur ithers had whiles frichted been
Wi' something awfu' they had seen.
But he thocht he had yet tae cross,
A haggy, benty, splashy moss,
Whaurin a drucken wife, ca'd Nell
Was buried, wha had hang'd hersel';
Forbye, a man, ca'd Birkie Russell,
That wi' a gully cut his whussell,
An' let oot baith his bluid an' life,
Tae chaw his illfaur'd canker'd wife.
An' it was said, they had been seen,
Gaun daunerin' thro' this moss at e'en,
An' spunky wi' them clear an' bricht,
Gaun up an' doon tae gi'e them licht.

O' fear, Will's courage scarce cou'd free him,
But thocht they aiblins wadna see him,
Sae ventur'd in, but gaed gey slow,
An' crouchin' kept his head gey low,
Till he was mair than ha'fway through,
Then saw a licht 'tween red an' blue,
A fearfu' bleeze, but saw nae reek,
An' thocht he heard somebody speak,
An' say, there's Will, noo Nelly face him,
An' Spunky ye maun rin an' chase him.

He heard nae mair, but roon he wheels,
An' ran wi' Spunky at his heels,
He splash'd thro' dubs, owre hillocks loupit,
Till in a deep moss-hag he coupit,
But scrambl'd oot on han's an' knees,
When Spunky pass'd him in a bleeze,

Wi' fearfu' sough that rent the air,
Then vanish'd an' was seen nae mair.

Tae look for Nell, Will never stood,
But ran for hame, as fast's he cou'd,
An' as he pass'd some cairns o' stanes
That happit owre a lot o' banes
O' men, wha there had lost their life,
Langsyne in some wild feudal strife,

He noo being gleg o' sicht an' hearin',
Baith saw their ghaists, an' heard them swearin',
Wild roughsome aiths, as lang's a tether,
That they'd ne'er lie in peace thegither,
For hatred ceas'd not at their death,
Nor yet revenge wi' their last breath.
Sae scatter'd banes tae ither flew,
Tae perfect skeletons they grew.
But some had cloven skulls cemented,
An' some had skulls wi' cloors indented,
An' in their een holes shin'd a licht,
That glinted thro' the gloom o' nicht.
A horrid squad in wild array,
A' rattling ready for the fray,
Ilk had an auld sword in its han',
An' wi' a yell they a' began,
An' laid at ither micht an' main,
An' focht their battle owre again.

Noo when this fearfu' sicht he saw,
He stood an' trembl'd like tae fa',
An' wildly glower'd a' airts tae see,
If there was ony way tae flee.

But ane far bigger than the rest,
Catch'd haud o' Will, an' him address'd,
Weel, frien', I'm only come tae speer,
What passion wild has brought ye here,

Are ye in poverty, an' need,
Or are ye sairly fash'd wi' greed,
Or is love lowin' in yer breast,
An' winna let ye tak' yer rest?
Whate'er it is, whae'er ye be,
Just tak' this sma' advice frae me,
If ye've enough, ye need nae mair,
Owre muckle fashes folk wi' care,
Wi' what ye ha'e, be aye content,
For what's ill got, is ne'er weel spent,
Gowd gi'esna happiness nor pleasure,
But real contentment is a treasure.
The humble ha'e, withoot alloy,
But what the wealthy ne'er enjoy,
An' if ye really want a wife,
Look for a lass o' virtuous life,
An' no tak' ane just for her gear,
Sic bargains are aye far owre dear.
Withoot affection in the heart,
Gowd never can true love impart,
Mind what I've said, for it is truth,
That fits fu' weel, baith man an' youth,
Sae my advice ye manna slicht,
But I maun gang, sae noo guid nicht.
    The cock then crew at day's first gleam,
Will wauken'd, an' 'twas a' a dream !

THE HERALD OF SPRING.

HARK! what sweet sound is this I hear,
    So pleasant and so loud,
That flows in music on my ear
    From yonder snow-white cloud?
It is the lark begun to sing
Her welcome to the infant spring.

Soon now the thrush will raise her voice
    Above the warbling throng,
And make the leafless woods rejoice
    With her sweet mellow song;
But her soft notes, so rich and rare,
Can never with the lark's compare.

How pleasant in a summer's morn,
    When thro' the gloom we hear,
Far up above the fields of corn,
    Her singing sweet and clear,
When the first ray of purple light
Begins to chase away the night.

And when the sparkling orb of day
    Has climb'd up to his height,
We hear her lovely warbling lay
    Far up amidst the light;
Nor does she cease, nor seek to rest,
Until day fades far in the west.

                                          F

TO A PRIMROSE.

WEE, bonnie, unassuming flower,
    That likes beneath the rocks tae cower,
        Whaur birks an' hazels hing ;
An' early lift'st your modest head,
Alike in sunshine an' in shade,
        Tae welcome in the spring.

Aft in a wild secluded glen,
Remote frae busy haunts o' men,
        You frae your bed o' green,
In lovely robes o' gowden dye,
Do rise an' bloom, an' fade an' die,
        Unheeded an' unseen.

But, He who first did place you there,
An' watches you wi' tender care,
        Has fixed this for your lot ;
That you, amidst the dreary wild,
With lovely form an' aspect mild,
        Might beautify the spot.

An' thou, sweet flower, frae year tae year,
Dost still fulfil your mission here,
        Which God in His wise plan
Appointed you, when at your birth,
You sprung tae life frae parent earth,
        Altho' unseen by man.

Like thee, aft virtue dwells alone,
Unseen, unheeded, an' unknown,
        In modest low estate ;
But yet their humble life is spent
In more real pleasure an' content
        Than spring from honours great.

A NAME BY THE WAYSIDE.

WHILE journeying on the road of life,
  In sunshine or 'midst storms and strife,
   As on the way we go,
The marks of others oft appear,
And we may some leave in our rear,
   Like tracks upon the snow.

We can see dimly thro' the past,
The future misty shadows cast,
   That darken but to blind;
The present only is the day,
For us to leave marks in the way,
   For those that come behind.

So, not for honour, nor for fame,
I on the snow engrav'd my name,
   In letters bold and clear;
But only that if passers by
By chance would downward cast their eye,
   They'd see I had been here.

But well I know since on I pass'd,
That some wild, bitter, sweeping blast
   (For all my pains and care
To make it plain) did it deface,
And has not left the slightest trace
   That ever I was there.

Names have come down thro' ages past,
And round them have a glory cast,
   Like beams from yonder sun;
And will shine on from year to year,
Until the world shall disappear,
   And Time his race has run.

But many who have wrote their names
Upon the world with sword and flames,
    And tyranny and woe,
Are now forgotten and unknown,
The record of their names is gone,
    Like mine upon the snow.

THE MISTS O' LOVE.

THE mist o' love blin's youthfu' een,
    An' gars them think ae thing is twa,
Sae mony a ane has cheated been
    Wi' them they thocht baith rich an' braw.
But Katie never try'd tae hide
    Her humble birth wi' gaudy show,
Her heart was free frae guile or pride,
    An' aye was frank tae high or low.

I lookèd thro' love's mist at Kate,
    But half her charms I cou'dna see,
But thocht I'd happy be if fate
    Wad only but gi'e Kate to me.
Fate's gi'en me Kate, noo she's my ain,
    An' since love's mist's gane aff my een,
In her, I see, I've got mair gain
    Than ane wha'd aiblins gran'er been.

BONNIE DOON.

 BONNIE DOON, nae mair ye'll hear
    The love inspirèd sigh,
Or yet the cheerfu' sang o' Burns,
    As ye rin wimplin' by.

Nae mair he'll sit upon your banks,
    In cheerfu' smiling spring,
Tae watch your tide, like time slip past,
    An' hear the birdies sing.

Or when calm e'ening gilds the clouds,
    An' ilk surrounding scene,
Nae mair he'll wander on your banks,
    Wi' his ain bonnie Jean.

O, weel he lo'ed your banks an' braes,
    An' lik'd tae praise your name,
He lifted you wi' a' his heart
    Up on the wings o' fame.

But, ah! that heart has ceas'd tae beat,
    That tongue has ceas'd its praise,
But your sweet banks an' braes yet bloom
    In his immortal lays.

Flow on, sweet Doon, lang on yer banks
    May rose an' woodbine twine;
An' tho' yer cheerfu' bard is gane,
    His name shall live wi' thine.

THE PARTING.

OH, weep not at our parting, love,
  Why break this heart of mine?
We may yet meet and happy be,
  Then dry those tears of thine.

Tho' cruel fate has now decreed
  That we must parted be;
My heart will ever with thee dwell,
  So let thine be with me.

The summer sun's bright sparkling orb
  With clouds is oft o'ercast,
But yet his splendour's unimpaired
  As soon as they are past.

Sweet flowers do fade, but do not die,
  In stormy winter's gloom,
But do revive when spring returns,
  And rise again to bloom.

So though our prospects dark may be,
  And grief our hearts enshroud;
Bright hope will rise with cheering beams
  And dissipate the cloud.

Then dry those tears of thine, my love,
  Why break my bleeding heart?
We yet may meet, and happy be,
  Though now in grief we part.

THE HAZEL SHAW.

SWEET is the bonnie hazel shaw,
   Whaur Braco burn comes rowin' doon ;
Whaur bonnie flowers sae sweetly blaw,
   An' laverocks warble a' aroon'.

There aft I've wandered in the spring,
   An' pu'd the primrose aff the brae,
An' heard the cheerie mavis sing
   Her sang o' love, her sweetest lay.

An' when sweet simmer deck'd wi' flowers
   Baith banks o' the wee murmurin' burn,
I've watch'd its tide, like youth's sweet hours,
   Gaun quickly by, ne'er tae return.

When autumn blighted wuds an' braes,
   An' yellow leaves began to fa',
I then ha'e sought for nits an' slaes
   In Braco's bonnie hazel shaw.

An' when cauld winter like a bear
   Grasp'd nature in his icy arms ;
Its leafless bowers, tho' then a' bare,
   Had aye tae me some lovely charms.

But why? love's young affection throws
   A halo roon' some sacred spot,
Whaur we ha'e fondly met wi' those
   That ne'er again can be forgot.

Yes, whaur love's wreaths at first were twin'd,
  Fond memory aye can beauties trace,
Sae lovely an' sae weel defin'd
  That time itsel' can ne'er deface.

Sae Braco's bonnie hazel shaw,
  Her braes an' burn I lo'e sae dear,
Tho' I gang frae them far awa',
  Fond memory aye will bring them near.

----♦----

HOPE.

THO' man's frail bark, o'er Time's rough tide,
  Has many bitter blasts to brave,
Of disappointments, cares, and toils,
  Between the cradle and the grave.

Yet there are blinks of sunshine bright
  Burst through life's gloom the heart to cheer,
When Hope shines like a beacon light,
  And tells the port of rest is near.

Hope cheers the exile far away
  That he his home and friends may see;
Hope nerves the patriot's mind and arm
  To strive to set his country free.

Hope nerves the sailor in the storm
  To brave the ruthless tempest's shock,
And guide his vessel thro' the storm
  To shun the frowning fatal rock.

But if, perchance, his vessel sinks,
  Tho' he the howling storm has brav'd,
He clings then to some floating spar,
  Still in the hope he will be sav'd.

When darkness gathers round the soul,
  Deep melancholy black as night,
Ev'n then Hope whispers thro' the gloom,
  Fear not, for it will yet be light.

When fell disease, with cruel fangs,
  Lays prostrate those we love most dear,
Amidst our tears Hope, smiling, says,
  All will be well; why do you fear?

Tho' clouds of sorrow us enshroud,
  And floods of grief bedim the eye,
Hope rises, like a sunbeam bright,
  The gloom to clear, the tears to dry.

Hope cheers us on thro' all our life,
  In every place our lot is cast;
It is a balm for every wound,
  And never leaves us to the last.

Then ever let us cherish Hope
  That God will always be our friend,
And, tho' our path thro' troubles lie,
  Still let us hope on to the end.

MIDDLE BRACO.

WHAUR hunters sonsy moorfowl kill
    North frae the Shotts, on Braco Hill,
        There stauns an' auld bit biggin'
That's been a guid hoose in its day,
But noo is fast gaun to decay,
        An' wants maist o' its riggin'.

Whae'er at first did raise this pile,
Had then done't in the newest style
        O' architect'ral lore ;
An' tho' it stauns heigh on the hill,
It plainly shows the art an' skill
        Folk had in days o' yore.

Nae doot it was a cozie bield,
An' wad a heap o' comfort yield
        Tae folk o' humble mind ;
An' aften wayworn wearied wights,
In cauld, wat, dark, and stormy nichts,
        A shelter in't wad find.

Auld hooses in the days o' yore,
On Braco, number'd 'maist a score,
        But noo this is the last ;
An' yet it braves the ruthless storm
O' time, an' rears its shatter'd form,
        A relic o' the past.

What pity that a hoose sae guid,
That scores o' winter storms has stood,
        Shou'd meet wi' sic neglect ;
When twa-three divots aff the brae,
Some sticks, some heather, or some strae,
        Wou'd sav'd frae gaun tae wreck.

But here at morn, when growin' licht,
Some folk ha'e got a won'rous fricht,
        Wi' something they had seen ;
While, a' the time, the hale affair
Was naething but a frichted hare
        Gaun scuddin' owre the green.

An' some ha'e said, at dead o' nicht,
They've seen gaun thro't a glimmerin' licht,
        An' on't ill stories tell,
Whilk, if they had but nearer been,
The cause o' a' their fricht they'd seen,
        Was smugglers at a still.

Auld hooses wantin' roof an' door,
Like mony honest, humble poor,
        Are aften sair neglected ;
Get little tae support their frames,
But aft are laded wi' ill names
        Instead o' being respected.

ADDRESS TO AULD SCOTLAND ON THE PRINCE OF WALES'S MARRIAGE.

AULD SCOTLAND, raise your roupit voice,
    And wi' your sisters baith rejoice
        At young Prince Albert's weddin'.
Ye aiblins yet may see the day
That he'll come tae ye for tae stay,
        His father's footsteps treadin'.

Busk up yersel' baith snod and braw,
As weel's yer sons an' dochters a' ;
        An' while that ye are hoisin'
Yer flags on heights, frae shore tae shore,
Let thunders frae yer cannons roar,
        As bass tae your rejoicin'.

Let ilk' ane see ye like him weel,
For he's a decent honest chiel,
        The son o' a guid mither;
An' wish his bride, as weel's himsel',
Great joy an' happiness tae dwell
        Lang, lang in love thegither.

And say, forbye, God bless the Queen,
An' gie her joy in her new frien',
        An' may she be a treasure,
Mair worth than goud, tae cheer her heart,
An' act a loving dochter's pairt,
        An' gi'e her muckle pleasure.

But watch an' no get on the spree
Wi' drinkin' owre much barley bree,
        When ye're sae unco happy;
Ye aiblins think, on sic a day,
Ye'll no gang unco far astray,
        Tho' ye tak' a wee drappie.

But, tho' yer feelings are intense,
Be guided aye by common sense,
        An' dae a' things in order;
For, nae doot, if ye dae ocht wrang,
Ye'll hear it a' afore it's lang,
        Frae some ane owre the Border.

THE WISE MEN O' GOTHAM.

HAT wonderfu' association
      That takes its title frae oor nation,
Are folk the wisest in creation
            (Except the donkeys),
An' noo maintain men o' ilk station
            Are sprung frae monkeys.

They say that auld progressive Nature
Look'd at the monkey's face and stature,
An' thocht that she could yet dae better
            On a new plan ;
Sae cooper'd up the imp-like creature
            An' ca'd it man.

Such is their theory, an' it may
Be richt, for aught that I can say,
For mongrel monkeys noo-a-day,
            Ca'd learned classes,
Aft speak an' act in sic a way
            As shows they're asses.

This is an age o' wondrous licht
An' theory, whether wrang or richt,
For men are noo sae gleg o' sicht
            They see thro' stanes,
An' puggy see in man quite bricht,
            An' in rock banes.

An' some tak' flichts amang the spheres,
There each some spirit sees or hears,
Then back again some message bears
            Through medium cables,
That on their dupes' astonished ears
            Dirls through the tables.

Our wise men noo, when in their study,
I'm fear't are aften geyan muddy
Wi' drinkin' brandy, wine, an' toddy—
     Source o' a' evils;
Then, sair diseas'd in mind an' body,
     Aft see blue devils.

TO PRIDE.

PRIDE, lofty demon, child o' hell,
    Wha likes a' ithers tae excel,
Your rivals, rife, amang us dwell,
     An' do ye waur;
For women, noo, I'm griev'd tae tell,
     Ha'e beat ye far.

Ye maunna noo haud up your face,
Or soon ye'll be put tae disgrace,
For aff ye clean the female race
     Ha'e ta'en the shine,
Wi' gowden ornaments an' lace,
     An' crinoline.

Their sense an' modesty ha'e fled,
For tho' they scarce ha'e daily bread,
In silks an' lace they maun be clad,
     An' grandeur great;
Sae, Satan, ye maun hide your head,
     Ye're fairly beat.

Whaure'er a skull is scant o' brains,
Or self-esteem its rule maintains,
Or whaur a blockhead honour gains,
     For pounds an' pence;
There empty pride triumphant reigns,
     Instead o' sense.

ADDRESS TO 'LITHGOW PALACE.

MAJESTIC pile ! your crumblin' wa's,
  Your grassy courts, an' roofless ha's,
   Tell that ye're sair neglected ;
Has Scotland naething noo tae spare,
Tae put ye into guid repair,
   An' mak' ye mair respected ?

Ye yet wad be a noble biggin',
If ye had but some kind o' riggin'
   Tae keep oot rain an' snaw ;
An' tosh'd up wi' a tait o' lime,
Ye lang micht brave the haun o' Time,
   An' look baith snod an' braw.

Ye ne'er wad be what ye ha'e been,
When in ye Scotland's bonnie Queen
   First saw the licht o' day ;
But ye micht then far langer last,
A monument o' days gane past,
   An' no sae soon decay.

79

What pity that sae guid a hoose,
Tha: cou'd be put tae mony a use,
      An' has sae lang been spar'd—
A noble relic o' langsyne,
Shou'd moulder noo at ruin's shrine,
      For want o' bein' repair'd.

Nae Scotchman wad e'er grudge his groat,
Tae gi'e ye yet a braw new coat
      O' Easdale slates, or lead,
That wi' us lang ye micht abide,
An' in a kind o' noble pride
      Haud up your ancient head.

An' tho' ye are gey sair time-worn,
Tae generations yet unborn
      Ye'd tell, while ye remain,
That ye was braw, tho' noo defaced,
An' Scotland, when ye here was plac'd,
      Had kings then o' her ain.

But weel I ken the humble bard
In your behalf will ne'er be heard
      By them wha ha'e the power,
Tae renovate your shatter'd form,
But ye maun staun ilk ruthless storm,
      Till ye're a' crush'd tae stour.

Aft merit sinks thro' mean neglect,
An' noble biggins gang tae wreck,
      Without the least regret,
Because their worth is never kend,
Till ance their days are at an end,
      An' then we mourn their fate.

TO A FRIEND ON HIS MARRIAGE.

 WISH ye muckle joy, guid frien',
　　As weel's yer young guidwife ;
Lang may ye cheer ilk ither on
　　The rugged road o' life.

May laughin' fortune on ye smile,
　　Since ye're made ane o' twa,
And gi'e ye aye as muckle walth
　　As frichts cauld care awa'.

An' may yer youthfu' better ha'f,
　　Turn oot a fruitfu' vine,
An' raise up in yer cozie biel,
　　Braw affshoots aucht or nine.

Then ye'll ha'e joy when ye come hame,
　　For they'll be blithe an' ready
Tae rin an' meet ye at the door,
　　An' cry, Here comes oor daddy !

Lang may yer hearts in love's bricht lowe,
　　Be souther'd firm thegither,
An' lang may ye be spar'd to be
　　A joy tae ane anither.

An' when ye're dauncrin' doon life's brae,
　　May ye ne'er tak' the spavie,
But aye be hale in lith an' limb,
　　Is the warst wish o' Davie.

———◦◇◦———

G

MORNING.

WHEN morning lifts the veil of gloom
    That hangs around expiring night,
And lays her prostrate in the tomb,
    Beneath a load of purple light.

Then all the little warbling throng
    In joy flit blithe from spray to spray,
And join in one harmonious song,
    To hail the rising orb of day.

And tender flow'rs in youthful bloom
    Of colours bright, with dewdrops crown'd,
Breathe forth in streams their sweet perfume,
    And scatter fragrance all around.

Sweet nature's face so mild and fair,
    With admiration I survey,
Her smile doth lighten all my care,
    And drive despondency away.

And thou sweet warbler of the sky,
    That float'st in floods of purest light,
Conceal'd midst sunbeams from the eye,
    Your lovely song gives me delight.

Tho' soaring far beyond my view,
    Your swelling notes, so loud and clear,
In flowing strains fall mild as dew,
    And melt in music on my ear.

Sweet bird, God gave thee wings to soar,
    Far up in air your voice to raise,
That undisturb'd you forth might pour
    To Him your morning hymn of praise.

God lights the stars when darkness lours,
    He makes the human heart rejoice,
'Tis Him who paints the op'ning flow'rs,
    And tunes the little warbler's voice.

He beautifies this world below,
    And with His bounty us doth load,
'Tis from His hand all blessings flow,
    All we possess are gifts from God.

Then let us, like the warbling throng,
    With thankful hearts our voices raise,
And sing to Him a joyful song
    Of heartfelt gratitude and praise.

CONTEMPLATION.

WHEN ev'ning draws her mantle o'er expiring day,
    And flow'ry scenes fade with the rays of light,
My contemplation steals forth quietly to survey,
    And wander thro' the beauties of the night.

I view the sparkling orbs which deck the midnight sky,
    And on this lower world dart down their rays,
And tho' in silence they pursue their course on high,
    They do proclaim abroad their Maker's praise.

Unnumber'd mighty worlds that float in space,
    If peopled, 'tis not yet to man reveal'd,
But he their magnitude and course may dimly trace,
    The rest from his ambitious view's conceal'd.

I, in the blazing comet, see God's mighty pow'r,
    Who gave it lightning speed to run its race,
But ages roll away, ere it can make its tour
    Through the vast regions of unbounded space.

I scan the placid moon, whose ever changing sphere
    Sheds forth her silv'ry beams to cheer the night,
And in her wax and wane divides the hast'ning year,
    As time rolls onward in its rapid flight.

I now behold the fiery meteor, sparkling clear
    As in its rapid flight it hurries on,
But its bright form is only seen to disappear,
    And in a moment is for ever gone.

When streamers bright o'erspread the northern sky,
    And in their merry dance dart thro' the air,
Their fleeting forms I can with rapt'rous pleasure eye,
    For they abroad their Maker's power declare.

How very wonderful God's mighty works appear,
    When o'er the universe our eyes we cast;
With holy rev'rence, then, we should Him love and fear,
    Who sees the future as He knows the past.

1855.

THE RAVAGES OF TIME.

WHEN first we meet Time on the rough road o' life
  We are young, hardy, blithe, stoot, an' hale,
Oor spirits are licht, but his cuffs are sae rife
  That we soon grow auld, doited, an' frail.

For auld, restless Time, wi' his rough, rivin' han',
  Wastes 'maist a' things as he's passin' by ;
Great changes he mak's baith on sea an' on lan',
  An' whiles alters the face o' the sky.

He's e'en ta'en my ain native biggin' awa',
  An' the auld tree that grew on the green ;
He's coupit the yaird dyke, an' left nocht ava'
  For tae tell whaur they ever had been.

O' sweet youthfu' pleasures I noo am bereft,
  For wi' Time they ha'e a' fled awa' ;
An' aught o' my ance raven locks he has left,
  Is noo bleach'd 'maist as white as the snaw.

Tho' ance I had frien's and companions enew,
  He has frae me them a' maistly ta'en,
An', wae's me, o' baith I ha'e noo unco few,
  An' my faither an' mither are gane.

An' bonnie young Jessie, the flow'r o' the glen,
  Wha affection wi' me ever shar'd,
An' vow'd that for ever she wud be my ain,
  He has laid low noo in the kirkyaird.

But tho' Time aroun' me deep shadows has cast,
   Yet fond mem'ry, wi' een bricht an' clear,
Looks back thro' the gloom on sweet scenes that are past,
   An' on those that I lovèd most dear.

But why e'er repine at our lot whilk is sent,
   Ilka thing is appointed tae man,
Tho' changes aft come, let us aye be content,
   An' just bear a' as weel as we can.

A MOTHER'S LAMENT.

I ONCE had joy and prospects clear,
   With happy children, blithe and gay,
Who on life's road me oft did cheer,
   But now, alas ! they're all away.

Like tender flowers, nipt in their bloom
   By some fell worm or bitter blast,
They, one by one, dropt in the tomb,
   And my lov'd Janet was the last.

Alas ! no more will her fond smile
   At early morning meet mine eyes,
Nor will her song the hours beguile,
   When stars are twinkling in the skies.

No more will my sad heart rejoice
   When time shall round the seasons bring,
For silent now is her sweet voice,
   That swelled the music of the spring.

No more, when summer's sunny hours
　　Spread joy o'er mountain, wood, and lea,
And birds sing in the leafy bow'rs,
　　Will they give pleasure unto me.

But in dull autumn's with'ring gloom,
　　Whene'er I see a falling leaf,
'Twill mind me of her in the tomb,
　　And raise anew the springs of grief.

But why should I grieve or repine
　　For her who from me's ta'en away?
I might have known she was not mine,
　　But only lent me for a day.

And tho' our sweet with sour's combin'd,
　　And oft dark clouds obscure our sun,
We should be thankful and resign'd,
　　And humbly say, " God's will be done."

But who can stem affection's tears,
　　When friend from friend by death is riv'n,
Although strong faith the sad heart cheers,
　　With hopes they'll meet again in heav'n?

Then for my Jess I'll grieve no more,
　　Nor will a sigh burst from my heart,
I'll meet her on that happy shore,
　　Where we again will never part.

SPRING'S WELCOME.

NOO Bonnie Spring has come again,
    But wi' a tearfu' e'e,
She views the desolations wrought
    On mountain, wud, an' lea.

She, wi' a mild but clouded face,
    Bids winter slide awa',
Wi' a' his blusterin' bitter win's,
    An' storms o' sleet an' snaw.

She tak's the snawdrap in her care,
    An' waukens up the bees,
An' noo begins to clead anew
    Wi' buds the leafless trees.

A' nature joys tae see her come,
    An' ilka birdie sings,
While puddocks, tae complete the glee,
    Come croakin' frae the springs.

The sleepy hedgehogs an' the bats
    Noo try their very best
Tae open up their drowsie een,
    An' hail her wi' the rest.

The modest primrose on the bank,
    The gowans on the lea,
An' bonnie dishalagow flow'rs
    Their silent welcome gi'e.

Ev'n bairns, new on the road o' life,
 Ere they can speak or gang,
Crawl tae the door tae welcome her,
 An' skirl a kind o' sang.

Baith auld an' young, birds, beasts, an' a',
 An' fish in loch an' burn,
Rejoice tae see her smiling face,
 An' welcome her return.

THE BEAUTIES OF EVENING.

WHEN day is sliding quietly into night
 In summer, oh how lovely and serene
Sweet nature looks, amidst the fading light,
 As darkness steals o'er each surrounding scene !

The fleecy clouds, in gold and purple dye,
 Which they have borrow'd from the setting sun,
In splendour rest upon the azure sky,
 Tho' shades of night around them are begun.

A pleasant stillness rests on hill and plain,
 And nature's lovely music fleets along
On airy wings, the skylark's evening strain,
 The streamlet's murmur, and the thrush's song.

Oh ! how delightful now to walk abroad,
 When deep'ning shadows dim the wand'ring eyes,
And view around the wondrous works of God,
 Display'd so richly over earth and skies.

ADDRESS TO THE LAVEROCK.

HAIL, lovely herald o' the spring,
  Wha meet'st the morn wi' dewy wing,
Mount high in air and loodly sing
   Your anthem sweet ;
Till echoes frae the hills do ring,
   Your voice to meet.

Your music doth the farmer cheer,
When sawing baith his corn an' bere,
An' ere that he begins tae shear
   His weel-fill'd grain ;
You mount aloft tae let him hear
   Your farcweel strain.

When youngsters gether on the lea,
Tae pu' the flow'rs and chase the bee,
Wi' nimble feet an' fu' o' glee,
   They skip alang ;
Their youthfu' hearts are cheer'd by thee
   Wi' thy sweet sang.

You cheer the youthfu' maiden bride,
When wand'ring by the burnie's side,
Watching its onward flowing tide,
        That canna rest;
Like troubles dark, that lurking hide
        Within the breast.

Some sorrows in the heart may lie
Conceal'd frae ilka mortal eye,
That a' your sweetest notes defy
        Tae chase awa';
But noo an' then a bitter sigh,
        They forth may draw.

The youthfu' lover in despair,
For slighted love that grieves him sair,
By some braw lassie blithe an' fair,
        That him disdains;
Ye little warbler, ye may spare,
        Your sweetest strains.

Your music can bring nae relief
To him that's burden'd sair wi' grief,
For melancholy, like a thief,
        Steals joys awa',
And owre the mind o' nature's chief
        A veil does draw.

Like thee, in each succeeding year,
Our lot with patience we shou'd bear,
Whatever course we ha'e to steer,
        Thro' joy or grief;
Our suff'ring friends aye try to cheer,
        And gi'e relief.

Tho with adversity we've striv'n,
When by the storms of trouble driv'n,
If dark despair's black clouds are riv'n,
       By hope's bright rays ;
Our souls, like thee, should rise to heav'n,
       Our God to praise.

Man, in this wilderness below,
'Midst floods of sorrow and of woe,
Whate'er his station, high or low,
       In hoose or tent,
Shou'd, like thee, let his praises flow,
       An' be content.

April, 1855.

SPRING.

THE surly winter's noo awa',
    Spring's drouthy win's begin to blaw,
An' farmers ha'e begun tae saw
       Their pickle corn,
In hopes it will be rank an' braw
       When it is shorn.

The laverock hails the youthfu' spring,
The wuds wi' songsters blithely ring,
The peesweep's up an' on the wing
       At early day,
While in the air the hawk does hing
       Tae watch for prey.

The lazy mist floats on the breeze,
The palmy saughs attract the bees,
An' cushie doos, amang the trees,
       Are heard tae mourn,
While trouts are loupin' at the flees
       In loch an' burn.

The primrose keeks frae 'neath the rock,
Aff tae the muirs the plovers flock,
The maukins thro' the rashes jouk,
   Tae seek a den,
While 'mang the bent the heathercock
   Cries tae his hen.

The sportive lambs dance on the hill,
The whaups are heard baith lood an' shrill,
The shepherd's tryin' a' his skill,
   Amang the rocks,
Tae ferret oot, an' try tae kill
   The wily fox.

Ilk thing in nature's unco braw,
An' ilk obeys its Maker's law,
The ragin' sea, the driftin' snaw,
   The win' an' rain,
A' birds an' beasts, an' flow'rs that blaw
   On hill or plain.

But man, wha was tae be their chief,
A rebel is, through unbelief,
An' doom'd tae sorrows, woe, an' grief,
   An' cares, an' toils,
His constant bent is on mischief,
   An' wars, an' broils.

O, may God's grace descend like dew,
An' our vile hearts again renew,
An' bring His favour full in view
   Before our face,
An' make us able tae pursue
   A heav'nward race.

18th May, 1855.

GOWD CANNA GI'E HAPPINESS.

NE'ER had much siller, an' far less o' care,
  O' health an contentment I've aye ha'en my share,
But tho' o' this warl's gear I never was rife,
I somehoo or ither ha'e gotten a wife.

She's no a great dandy, but looks weel eneugh,
An' tho' she's wee boukit, may wear geyan teugh,
But ought mair aboot her I'm no gaun tae tell,
Nae farther, than she had nae mair than mysel'.

For a' that, I like her, and she's fond o' me,
Sae we are as happy as happy can be,
We're no like a heap o' the folk in the warl',
For love bides atween us, an' ne'er lets us quarrel.

There's lots o' the blockheads wha marry for gear,
Ha'e aften tae pay for their folly gey dear,
For peace an' contentment ne'er bides in their ha',
An' comfort ne'er keeks ben their hallan' ava'.

Their pleasure tak's legbail, an' rins like a thief,
For tho' they get warl's gear, they get as much grief,
A bodie wad think that they're geyan weel serv'd,
An' pity for them wad be unco ill waur'd.

There's ither puir mortals, wha dree oot their life,
Just scrapin' for siller, an' ne'er tak' a wife,
An' a' the hale time are sair rackèd wi' care,
Tae haud what they've gotten, an' hoo they'll get mair.

For gowd the puir wretches a' pleasure dae sell,
Dae nae guid tae ithers, an' less tae themsel',
An' for a' the hoardin' an' care they ha'e ta'en,
There's no ane laments them when ance they are gane.

There should be some monuments rais'd tae sic knaves,
Wi' this motto on them, an' plac'd at their graves,
"Look, here lies the banes o' some fools wha, thro' greed,
In life had nae pleasure, but noo they are dead."

———•◦•———

DINNA MARRY FOR SILLER.

I HA'E an unco nice bit wife,
    Aboot her I am fain ;
There's no anither roon' aboot,
    I think, as guid's my ain.

Ye'll say she aiblins siller had,
    But I say she had not.
For a' that, she's as guid a wife
    As e'er I cou'd ha'e got.

Ye'll say she maybe bonnie is,
    An' gangs aye unco gran' ;
She just has duds like ither folk,
    An' looks as weel's she can.

Some marry for the sake o' gear,
    An' think it is the best ;
We married for pure love, us twa—
    We've wrought for a' the rest.

We little had atween us twa,
   But what we had's been bless'd ;
An' ony bite we've gi'en awa'
   We never yet ha'e miss'd.

We're aye content, an' ither likes,
   An' ha'e a guid wheen weans ;
Tho' we had faught tae bring them up,
   We're noo paid for oor pains.

Noo dinna marry just for gear,
   But keep this aye in mind,—
Tae tak' ane something like yoursel'—
   Ane sober, blithe, an' kind.

An' never heed tho' ither folk
   Get wives far better dress'd ;
Ye may be happier than them a'—
   Yours may turn oot the best.

Gey aften they wha gaudy gang,
   An' o' gear may be rife,
May ha'e aboot them something wrang,
   An' mak' a gey puir wife.

Gran' claes may into tatters turn,
   An siller soon be spent ;
An' they wha marry for the twa
   Will no be lang content.

1855.

TO A SNOWDROP.

HAIL, bonnie flower, ye tidings bring,
 That gentle, mild, returning spring
Will soon invite the birds tae sing,
  In merry glee ;
An' blithely flit on wanton wing,
  Frae tree tae tree.

Tho' cauld an' frosty win's do blaw,
Wi' bitter blasts o' sleet an' snaw,
An' hail an' rain, in torrents fa',
  Your tender form
Springs up an blooms fu' fresh an' braw,
  Amidst the storm.

When beauty frae the fields is fled,
The sun nae genial warmth does shed,
An' ither flowers lie as if dead,
  Till winter's gane ;
Ye lift your modest snaw-white head,
  An' bloom your lane.

An' tho' wild storms around ye war,
As if they would your beauty mar,
Yet ye shine like a bonnie star,
  Our hearts tae cheer ;
An' like guid tidings frae afar,
  Ye're welcome here.

How aft like thee some maidens fair,
And men of worth and genius rare,
Grow up 'midst poverty an' care,
  An' friendless gloom ;
But tho' hard fortune press them sair,
  Yet still they bloom.

H

An' mony a young aspiring heart,
To science, lit'rature, an' art,
Has aft to bear the bitter smart
      O' cauld neglect;
An' yet some nobly act their part,
      An' gain respect.

Bloom on, you bonnie, bashfu' flower,
Within your cauld an' snawy bower,
An' tho' dark gloomy clouds noo lour
      Aboon your head ;
Ye yet may ha'e a sunny hour,
      Before you fade.

———◦◦◦———

THE PATRIOT'S ADDRESS.

LET a' wha lo'e their freedom weel,
    Their country, laws an' a' that,
Owre vile corruption's rubbish speel
   An' tyrants dare for a' that.
For a' that an' a' that,
   An' honest be an' a' that ;
An' aye disdain their han's tae stain
   Wi' gifts an' bribes an' a' that.

A' upricht men ha'e honour bricht,
   Are patriots true an' a' that—
Stan' for the richt 'gainst fraud an' micht,
   Yet Lib'ral are for a' that,
For a' that an' a' that—
   Hate threats, an' bribes an' a' that ;
An' winna flinch their post an inch,
   For dukes, an' lords an' a' that.

But selfish knaves are servile slaves,
　Wha bow tae bribes an' a' that ;
When ocht's tae gain, they've conscience nane ;
　Vile Pelf's their god an' a' that,
For a' that an' a' that—
　They'd sell their soul for a' that ;
They'll cringe an' sink at big men's wink,
　An' kiss their taes an' a' that.

A' wealthy loons wha promise boons,
　An' favours big an' a' that,
Tae them wha help up freedom's foes,
　Shou'd be condemn'd for a' that ;
For a' that an' a' that—
　Be held tae scorn for a' that,
Tae let them see, men just an' free,
　Can censure them for a' that.

An' a' wha vote tae please their laird,
　Be't Tory, Whig, or a' that,
Ha'e for their country nae regard,
　They're traitors base for a' that,
For a' that an' a' that—
　Are cowards mean for a' that,
Aye in a fricht tae use their richt,
　An' act as men an' a' that.

———◦◦◦———

THE LOVER'S SOLILOQUY.

NOW nature's songsters in both wood and glen
　　Sing blithely their sweet songs 'midst leafy bowers ;
And little sportive lambs on hill and plain,
　In merry glee, dance 'mong the blooming flowers.

The sparkling sunbeams on the streamlet's breast
  Betray its wand'rings through the meadows green
While fields, and woods, and mountains seem at rest,
  And add more beauty to the lovely scene.

What pleasure can I take in this sweet scene
  When wand'ring melancholy all alone?
Tho' nature seems enrapt in peace serene
  I'm sad, and grieve for my fond lover gone.

In freedom's cause he's gone from me afar,
  O'er tempest-troubled sea's dark rolling waves,
To join true heroes in the strife of war,
  Who seek a laurel or brave warrior's grave.

But I am lonely, left to weep and sigh,
  With bleeding heart I'll for my lover mourn;
Alas! he on the battle-field may die,
  And never more back to my arms return.

Ah! cruel tyrant, whose ambitious pride
  Impels thy blood-stained hands to deeds unjust,
Soon shall stern retribution o'er thee ride,
  And crush thy pride and power down to the dust.

Brave Britons, dauntless 'midst war's bloody waves,
  With freemen's arms will strike the deadly blow,
And headlong hurl to dust your abject slaves,
  And lay your pride and your ambition low.

September, 1855.

S E L F.

SELF is the mighty moving spring,
Alike in peasant and in king,
    Through a' their life ;
A sordid passion o' the soul,
That has o'er man the maist control,
    Except his wife.

Vast numbers o' the human race
Rin hard tae grasp in firm embrace
    The idol pelf;
The gowden image they adore,
But yet they ha'e one idol more,
    And that is self.

Self blinds a man tae ither's woes,
Ambitious self mak's neighbours foes,
    As wars do prove ;
Proud saucy self, in rich and great,
Despising puir folk, genders hate
    Instead o' love.

A' truly honest men, though few,
Look down on sic a selfish crew
    Wi' sad disdain,
Vex'd that the noble human race
Their nature can sae sair debase
    For love o' gain.

But search a' roun' as weel's ye can,
Whaur will ye fin' an upright man?
    'Tis awfu' rare ;
But ye may fin' an antrin creature
Resemblin' ane in face and stature,
    But naething mair.

E'en those wha distribute our laws
Can ne'er divide them withoot flaws,
For a' their lair;
For they shove puir folk in the ditch,
But gi'e o' favour tae the rich
Mair than their share.

But why need I on ithers tell,
When o' their fau'ts I ha'e mysel'
A muckle share;
But yet I try as weel's I can
Tae dae what's right wi' ilka man,
But naething mair.

A FATHER'S ADDRESS.

ELIZA and your sisters three,
To each and all my love I send;
Tho' now far, far beyond the sea,
I'm still your father and your friend.

Believe me, I am always fond
To hear you're hale, and doing well;
For distance can't break friendship's bond,
Nor time dissolve affection's spell.

And tho' we are now far apart,
Fond mem'ry oft does bring you near,
And with emotions fills my heart
That oft send forth a sigh and tear.

Each child of Adam at their birth
   A certain lot have to them giv'n;
Our lot has been to part on earth,—
   God grant we all may meet in heav'n.

In that bright land where joy, and peace,
   And purest love will ever reign,
Affections more and more increase,
   And friends will never part again.

THE EXILE.

A STRANGER in a foreign land,
   Stood wistfully upon the strand,
      And thought upon his home,
Unmindful of the tempest's roar,
Or billows wild that lashed the shore,
      In curling wreaths of foam.

Tho' nature's aspect was sublime,
And loud and grand her wildest hymn,
      It pierced not eye nor ear;
He was so much absorbed in thought,
The foaming waves he heeded not,
      And tempest did not hear.

But quick as light his mem'ry flies
Beyond where seas embrace the skies,
      To scenes of youthful years;
And where his lov'd relations dwell,
While in his breast emotions swell,
      And fill his eyes with tears.

His native hills, streams, lakes, and glens,
The cheerful woods, and flowery plains
     Come all before his view ;
Scenes where in youth he oft did stray
With friends, and young companions gay,
     Pass'd by in full review.

His heart in ecstacies of joy,
Leapt from the man back to the boy,
     When life was free from care ;
And when unfetter'd he could roam
Around his own lov'd native home,
     And in its freedom share.

Those mental scenes so clear and bright,
Gave him both sorrow and delight
     As there he stood, until
The spell was broke that had him bound,
And then he heaved a sigh and found
     He was a stranger still.

———•◇•———

FRAGMENT.

TRUE friendship and love's tend'rest ties,
   Which bind affection round the heart,
Make in the breast emotions rise,
   When friends awhile from friends must part.

Associations make us fond
   At home, and with dear friends to dwell,
But distance will not break the bond
   Of Friendship when we say farewell.

THE CHEERFULNESS OF SPRING.

WHEN spring dispels the dreary gloom
 Of winter, and wakes up the flowers,
On hill and plain, again to bloom,
 And cleads with buds the leafless bowers.

The springs of life burst forth anew,
 And animation like a flood
Flows through sweet nature, to renew
 Her charms on mountain, vale, and wood.

The sparkling sun then climbs the sky,
 And sheds abroad his genial beams ;
Sweet flowers spring up of every dye,
 And all in nature joyful seems.

The woods resound with songs of love,
 Breath'd from the tender cheerful breasts
Of warbling chor'sters of the grove,
 While watching o'er their little nests.

And concerts sweet, on hills and plains,
  Both rich, enchanting, and sublime,
Are echoed back from rocks and glens,
  And swell the universal hymn.

Then is the time that nature cheers
  The heart, whene'er we walk abroad,
For beauty everywhere appears
  In all the wond'rous works of God.

Oh, let me 'midst such music grand,
  Enraptur'd, view with ravish'd eye
The works of an Almighty Hand,
  Display'd on earth, on sea, and sky.

THE TRIBUTE.

SCOTLAND my dear native hame,
    Thy praise has aften been my theme,
But noo, alas, I sairly grieve,
That I thy bonnie braes maun leave;
Hoo can I leave a land sae fair,
That aiblins I may see nae mair,
An' a' the frien's I lo'e sae dear,
Withoot the tribute o' a tear.

Sweet is the land that gie's us birth,
There's no anither place on earth,
Whate'er its beauty or its fame,
Can be compar'd tae oor ain hame;
There, social ties sweet joys impart,
An' strong affections bind the heart;
But break those bonds, ah, how severe,
'Twill force the tribute o' a tear.

What heart can bear the bitter shock,
When friendship's tend'rest ties are broke,
An' in the breast emotions swell
At that last parting word, farewell;
Amidst the pent up floods o' grief,
The bleeding heart aye seeks relief,
When burden'd mair than it can bear,
An' gie's the tribute o' a tear.

Sweet Scotland, when I'm far awa',
I'll mind thy hills an' glens sae braw,
An' aft I'll come on fancy's wing,
Tae see thee in the cheerfu' spring;
Then a' thy wuds, an' lakes, an' streams,
An' heights, an' howes, like fairy dreams,
Will be spread out in mem'ry clear,
An' bring the tribute o' a tear.

TO THE MAVIS.

HAIL, lovely warbler o' the grove,
    Awake your cheerfu' sang,
Till rocks an' glens fling back your notes,
    In echoes loud an' lang.

How sweet, when on the tapmost twig
    O' some auld tree or thorn,
Ye sing your cheery sang o' love,
    Tae welcome in the morn.

Soft swelling floods o' music sweet,
    Spring frae your voice sae clear,
In flowing streams o' lovely strains,
    That charm the ravish'd ear.

Oft in life's dawn ere cares arise,
    The heart's fond hope tae blight,
Ye cheer youth in their flow'ry path,
    An' fill them with delight.

In manhood's noon, when simmer smiles,
    An' joy tae a' imparts,
Ye then enliven leafy bow'rs,
    An' cheer young lovers' hearts.

Ev'n when life's sun is sliding doon,
    O'ercast wi' clouds o' grief,
Your bonnie sang breaks thro' the gloom,
    An' gi'es the heart relief.

Oh, sweet enchanter o' the grove,
    Your sang I like tae hear,
It brings tae mind sweet days gane by,
    Your welcome notes sae clear.

Then raise your bonnie warblin' voice
    In notes baith rich an' rare,
Tae cheer alang life's rugged road,
    Those press'd wi' love or care.

THE MOTHER'S SOLILOQUY.

ALAS, my child, tho' smiling spring
    Has burst thro' dreary winter's gloom,
To bid the little warblers sing,
    And lovely flowers rise up and bloom,
On mountain, valley, wood, and lea,
Yet she has brought no joy to thee.

Disease, like to a canker worm,
    That blights sweet flowers of richest dyes,
Has crept within your tender form,
    And pal'd your cheeks, and dim'd your eyes,
That once were of a heavenly blue,
And sparkling clear as morning dew.

Alas, no more will genial spring,
    Revive your fading form so weak,
Nor will the sunny summer bring,
    The glow of health back to your cheek,
For now life's crimson stream runs slow,
And soon, alas! will cease to flow.

Oh, thou art like a tender flower,
    That early to the morn was spread,
And bloom'd in beauty for an hour,
    Was blighted and began to fade,
And long before night veil'd the sun,
Its little race on earth was run.

None but a mother e'er can know,
    The pangs that rend the bleeding heart,
Nor yet the sharpness of her woe,
    Who with an only child must part,
When death cuts off hope's latest ray,
And life's bright prospects fade away.

But why be backward to resign
   To God the child He me hath giv'n,
Why at His providence repine,
   When He is calling her to heav'n,
Away from time's dark dreary gloom,
To realms of everlasting bloom.

----•----

AN APPEAL IN BEHALF OF THE UNEMPLOYED.

THE cry of distress sounds aloud in our ears,
   From thousands on thousands, in sighs and in tears,
From want of employment, of clothes, and of bread,
And all brought upon them by dulness of trade.

Sad, sad is the scene where in hunger and cold
The mother and infant, the young and the old
Are suff'ring in silence and pining away,
While through their dark prospects hope sheds not a ray.

Oh, then 'tis our duty their hardships to share,
And give them some money, or aught we can spare,
And do as we'd wish to be done to by others,
For all the world over men ought to be brothers.

Whenever we see a poor brother in need,
Whatever his country, whatever his creed,
We should sympathise with his hardships and grief,
And do all we can to afford him relief.

Then pity the poor, and with both heart and hand
Give something to help the distress'd in our land;
And tho' your gift's small, it relief will afford,
And you'll be rewarded,—you lend to the Lord.

MISS E. LOGAN'S FAREWELL.

O home and scenes of youthful years
  Affection binds with magic spell
The heart, and fills the eyes with tears,
  When we must say to them farewell.

Associations of the past
  Fond mem'ry brings again to view,
And doth a halo round them cast,
  Which makes us weep a last adieu.

So sweet Hillend from you I part,—
  Long, long my home, my lov'd retreat,—
But it is with a bleeding heart,
  With tearful eyes, and sad regret.

I leave your woods, your streams, and lake,
  While in my breast emotions swell
To think I must you all forsake,
  And bid you now a long farewell.

Farewell ye woods, where oft in spring
  My youthful heart did much rejoice
Whene'er I heard the warblers sing,
  Or listen'd to the cuckoo's voice.

And thou sweet lake, where oft I've viewed,
  Reflected on thy placid breast,
The image of both hill and wood,
  As if asleep and at their rest.

Farewell ye flowing streamlets clear,
　Ye sloping banks and flow'ry braes,
And farewell all acquaintance dear,
　Whom I have known for many days.

But tho' I far from you may roam,
　Yet time, or place, will ne'er dispel
The mem'ries of my dearest home,
　Oh, no, then sweet Hillend farewell.

———◦◆◦———

FRIDAY NICHT.

THERE'S something droll 'bout Friday night
　　Whatever it may be ;
For it's the ane that's maistly ta'en
　For weddin', ball, or spree.

When bachelors or beardless chiels
　Tak' thocht tae change their life,
It's aften Friday nicht they tak'
　'Tae gang an' seek a wife.

It has effect on lasses tae,
　For I ha'e aften seen
Them that gaed dirty a' the week
　On Friday nicht were clean.

For meetin's some think Friday nicht
　Is better than the rest ;
But I'm aye prood tae meet guid freens
　Whate'er nicht answers best.

———◦◆◦———

A MORNING IN SPRING.

'TWAS morn, and spring smil'd upon hill, wood, and
    plain,
And the thrush sang aloud his melodious strain,
        That in echoes sweet rang thro' the woods;
The sun in his glory threw wide his bright beams,
That sparkl'd and danc'd on the lakes and the streams,
        And bright shadows bath'd deep in the floods.

The gold-tinted clouds seem'd asleep and at rest,
While swallows skimm'd quick o'er the lake's placid breast,
        And the blackbird sang sweet in the glen;
On moorlands, the curlew and plovers did cry,
And lightly, half-tumbling, the peeseweeps did fly,
        And the moorcock cried loud to his hen.

Such, then, was the scene, when I stray'd forth to view
The beauties of nature, and hear the cuckoo,
        For all things seem'd so joyous around;
The warblers in concert united their strains,
The lambs danc'd and gambol'd on hills and on plains,
        And the flowers with bright dewdrops were crown'd.

Oh, sweet is the pleasure to both eye and ear,
When spring returns smiling our faint hearts to cheer,
        And to sweep off wild winter's dark gloom,
And clothe in rich blossoms the shrubs and the trees,
And wake all around the sweet song of the bees,
        And the sweet flowers to rise up and bloom.

The peer and the peasant are equal in rights,
To view spring's rich treasures and share the delights
        That she scatters thick o'er every spot;
Then tho' of this world's wealth some have a small share,
Oh, ne'er let them murmur or pine on in care,
        But be always content with their lot.

I

The sun that throws over the earth his bright rays,
The warblers in concert that chant their sweet lays,
  And the flowers that enamel the sod,
Are all really gifts from our Father in heav'n
That He to His poor sinful creatures has giv'n,
  For to cheer them on life's rugged road.

TO WILLIAM HOGG.

SHOU'D auld acquaintanceship be lost,
 For fau't o' never writing;
They that gi'e least trade to the post,
 Shou'd get a doonricht flyting.

Man, Willie, lay your brains asteep,
An' no allow your muse tae sleep,
But try her waukin aye tae keep,
  Wi' some guid verse,
An' on auld Scotland praises heap,
  Till ye grow hearse.

Cast aff yer duds tae breeks an' sark,
An' lay yer shouther tae the wark,
An' toil on hard, frae dawn tae dark,
  An' try tae roose
Again tae flames the ootgaun spark,
  O' Scottish muse.

I ken fu' weel, if ye've the will,
That ye ha'e baith the art an' skill,
Tae picture oot baith howe an' hill,
  An' bush an' brake;
The rugged glen, an' wimplin' rill,
  Or sparklin' lake.

Or heroes on the battle-field,
That ne'er tae tyranny wad yield,
Wha wi' gleg swords that they cou'd wield,
        A' fetters broke ;
An' foes tae freedom fell or reel'd
        At ilka stroke.

Or o' some lovers young an' fain,
Wha meet thegither in the glen,
When no ae ane on earth does ken
        That they are there ;
An' hours wi' ither blithely spen',
        Quite free frae care.

I had amaist forgot tae tell
That ye maun mind the Scotch blue bell,
But ye ken weel enough yersel'
        O' nits an' slaes,
An' hoo auld Scotland does excel
        In hamespun claes.

Some kintra south has made a blaw,
That Scotland has nae bards ava',
But she has poets mair than twa
        Weel kent tae fame ;
That's aiblins no much waur than a'
        That she can claim ;

But never heed what ithers claim,
Auld Scotland's praise maun be your theme,
Aye try tae keep her weel-earn'd fame
        Frae gaun tae wreck ;
An' mind, ye will be sair tae blame,
        If ye negleck.

If I cou'd help you wi' my pen,
I willingly a haun wad len',
But I'm deficient far, I ken,
      An' micht mis-spell;
Ye will then far mair honour gain
      Tae do't yersel'.

Then tune yer lyre tae some sweet strain,
An' do't wi' a' your micht an' main,
An' my auld heart ye will mak' fain,
      My honest friend.
An' noo, your servant, I remain,
      D. T. Hillend.

TO WILLIE (HOGG.)

MAN, Willie, ye micht lift your pen,
      An' twa three lines tae Davie sen',
Just hoo ye are, tae let him ken,
      An' keep his auld heart cheerie.

I mak' nae doot, but ye've your share
O' warl's hard wark, forbye its care,
But yet ye micht ae half hour spare,
      Tae write twa lines tae Davie.

An', Willie, frien', I will agree,
If ye sen' twa three lines tae me,
Tae sen' as mony back tae thee;
      What offer cou'd be fairer?

Then write when ye've a blink o' time,
Whate'er ye like, be't prose or rhyme,
Just onything will answer prime,
      A wee thing pleases Davie.

TO WILLIAM HOGG.

DEAR SIR, your letter I received,
    An' it I quickly read,
An' when I saw that ye were weel,
    Vow, man, but I was gled.

I really thocht that ye were ill,
    Or that ye'd ta'en the tod,
Or some daft notion ta'en your head,
    An' ye were ga'en abroad.

But noo I see that a' my fears
    Ha'e been a lot o' stuff;
For ye are weel an' aye at hame,
    An' havena ta'en the huff.

I had nae thocht but ye wad write,
    Altho' it micht be lang;
For bodies in a dealin' way
    Are aften unco thrang.

The lines ye sent are really guid,
    An' muckle did amuse me,
I therefore am, Dear Sir, weel pleas'd,
    An' fifty times excuse ye.

———◦◦◦———

RAB'S BOOSE.

RAB had foregether'd wi' a frien'
    That lang before he hadna seen,
Wha like himsel' was unco keen
        Tae ha'e a fill
O' langsyne cracks, twa oors at e'en,
        Oot owre a gill.

They sat an' gill'd an' gill'd awa',
An' stories tell'd, an' sang an' a',
Till sleep their winkers baith let fa',
  An' they play'd nod,
But when cockleerie 'rose tae craw,
  They took the road.

Rab's road seem'd shorter than 'twas wide,
For he play'd stoit frae side tae side,
Wi' mony a wimple, jink, an' stride,
  He push'd alang,
An' 'tween his hiccups aften tried
  Tae lilt a sang.

He wasna blin', but jimp could see,
Amang the mists o' barley bree,
But thocht a bird up on a tree,
  Cried, Rab, hoo, hoo,
Ye're aff the straught, upon the spree,
  An' clatty fu'.

Quo' Rab, My lad, let me alane,
Or else I'll hit ye wi' a stane,
'Twas nane o' yours that I ha'e ta'en,
  I'm sure o' that,
An' the same road I've aften gane,
  Sae haud yer chat.

It said nae mair till he was bye,
An' then he thocht he heard it cry—
Ye senseless, drucken sot, fy, fy,
  Ye micht think shame,
Ye're waur than grumphy in the sty,
  Gae hame, gae hame.

Rab o' his temper lost comman',
An' made a kind o' stauch'rin' stan',
Quo' he, I've thol'd as lang's I can,
     I'll turn an' fell't ;
But then he thocht if he was fa'n',
     'Twad blab an' tell't.

An' what it said, he thocht, was true,
For neither cuddy, horse, nor coo,
Nor yet an honest, sonsy soo,
     Or ither beast,
Wad tak' strong drink tae mak' them fu',
     Like him, at least.

But Rab's determin'd noo tae try
Tae drink just water when he's dry,
Tae keep the birds frae cryin', fy,
     Man Rab, think shame,
An' his puir wife frae mony a sigh,
     An' him at hame.

Strong barley bree aye fires the bluid,
An' does mair ill than it does guid,
But barley scones are noble food,
     Baith sweet an' saft,
On whilk ilk ane may chew their cud,
     Withoot gaun daft.

But noo tae speak the naked truth,
O' them that's muckle fash'd wi' drooth,
Be't woman, lassock, man, or youth,
     I really think
They'd rob o' meat their very mooth
     For love o' drink.

TO JOHN BULL.

(WRITTEN DURING THE WAR BETWEEN DENMARK AND PRUSSIA.)

 WAESUCKS, John Bull, you've grown doited at
last,
Your pluck and your courage are things o' the past,
There's nane o' your forefather's bluid in your veins,
Or else lang ere this you'd be helpin' the Danes.

Man' John, you're noo laugh'd at for a' your big name,
An' losing gey fast baith your honour an' fame,
But really you're cheap o't, an' mair for your pains,
In being sae backward in helpin' the Danes.

The mock German princes that we wad ca' lairds,
Wi' names an' wi' titles that's measured by yairds,
Ha'e daur'd you tae meddle, for fear o' your banes,
An' laugh you tae scorn, while they plunder the Danes.

Like Adam, langsyne, by his wife, Eve, befool'd,
There's vast lots o' men that by women are snool'd,
Sae, Johnny, I'm fear'd you ha'e some o' sic stains,
Or Germans wad ne'er ha'e got robbin' the Danes.

But if you've the breeks yet, an' really are free,
You don't want the pow'r, baith on lan' an' on sea,
Tae sen' the invaders tae delve in their yairds,
An' free the puir Danes frae sic like German lairds.

Come rouse up, you dotard, an' rub up your een,
An' put forth your han' tae assist your auld frien',
For tyrants will ne'er care a snuff for your word,
Till ance they hear't tirl frae the point o' your sword.

SUMMER.

AS time wi' its rapacious greed,
　　On hours, days, weeks, an' months does feed,
An' slides awa' wi' unco speed,
　　　　But mak's nae din,
Does noo at length fu' canny lead
　　　　Sweet simmer in.

Her bonnie days, sae warm an' clear,
The heart o' ilka thing does cheer,
The wuds an' fields sae fresh appear
　　　　In colours bricht,
That melancholy in a fear
　　　　Hides oot o' sicht.

How pleasant on a simmer day
Tae dauner on the sunny brae,
An' hear the laverock's warblin' lay
　　　　A' roon' aboot,
An' see the lochs their walth display
　　　　O' loupin' trout.

The distant hills appear in view,
Like rising clouds o' greyish blue,
Braw bloomin' flow'rs o' ilka hue
　　　　Aroond are seen,
A' shining clear wi' sparklin' dew
　　　　Alang the green.

On flow'ry braes an' gowan lea
Is heard the humming, busy bee,
Alang the dykes the swallows flee
      On rapid wings,
While on the bonnic hawthorn tree
      The mavis sings.

The curling reek speels tae the sky,
The screichin' craws in flocks flee bye,
The cuckoo's loud an' welcome cry
      Rings thro' the woods,
While sleeping shadows calmly lie
      In placid floods.

Sweet nature, wi' a bounteous han',
Flings walth an' beauty owre the lan',
An' learns her warblin' vocal ban'
      Tae sing sae clear,
That mak's ilk ane in raptures stan'
      Tae look an' hear.

But soon will simmer's bonnie bloom
Be lost in autumn's with'ring gloom,
For fleeting time's resistless doom
      Sen's her awa',
That the niest season may ha'e room,
      Tho' no sae braw.

But while she's here an' may be seen,
Frae early morn till late at e'en,
We shou'd employ our dazzlin' een
      Tae look abroad,
An' view in wuds an' flowery green
      The works of God.

The wee'st flower frae earth that springs,
The flourish on the tree that hings,
The butterflee wi' painted wings,
    An' midges grey,
Are drest in brawer robes than kings
    Cou'd e'er display.

In simmer, winter, day, or nicht,
As time rows roon' in rapid flicht,
If we wad look when we ha'e licht,
    On hill or shaw,
New wonders wad aye meet oor sicht,
    For nature's braw.

MARION.

COME, bonnie Marion, wi' me tae the green bank,
    Whaur murmurs the burnie, an' bonnie flow'rs blaw,
Whaur nature spreads oot a' her charms 'mang the sun-
    beams,
    An' birdies sing blithely tae wile time awa'.

The saft balmy breezes, wi' rich fragrance loaded,
    Sigh sweetly 'mang bushes a' blossom'd sae fair,
An' join in the concert o' nature's sweet music,
    That gi'es the heart pleasure an' drives awa' care.

Then come, bonnie Marion, an' taste o' the pleasure,
    That nature's gay beauties sae freely impart;
When love's fondest hopes, amang scenes sae enchantin',
    In wreaths o' affection entwines roon' the heart.

Tho' I cou'd get a' the great wealth o' the Indies,
    Yet a' that vast treasure nae pleasure cou'd gi'e,
But I wad be happy 'mang nature's wild grandeur,
    An' weel, weel content, tho' I'd naething but thee.

TO THE CUCKOO.

WELCOME to our shores again,
   Sweet bird that tells the summer's near,
Your cheerful voice in wood and glen
   The hearts of old and young doth cheer,
With hopes that many a sunny day
Will light them on life's rugged way.

How strange, your song of notes so few
   Should o'er the mind such magic cast,
As wakes in memory anew,
   Associations of the past,
Which oft give careworn minds relief,
But sometimes fill the heart with grief.

For mem'ry can look thro' the gloom
    Of byegone years that long have fled,
And see again the youthful bloom
    Of many slumb'ring with the dead,
Who with us often did rejoice
To hear your welcome well-known voice.

O happy bird, were I like thee,
    Exempt from life's storms, griefs, and toils,
Thro' sunny climes I'd wander free,
    And revel aye 'midst summer's smiles,
To cank'ring cares I'd bid adieu,
And sing to discontent, Cuckoo.

TO THE SUN.

GREAT orb of day, whose flood of light,
    Sweeps off the dreary gloom of night,
        When from the eastern skies
You shed abroad your glorious beams,
On mountains, valleys, lakes, and streams,
        When sparkling up you rise.

Your influence on earth began
Before that it was known to man ;
        And still your lovely sphere
Sustains all things with heat and light,
Divides the cheerful day from night,
        And measures out the year.

Since God first launch'd you into space,
And bade you onward run your race,
        As ruler of the day,
You've seen man's innocence and fall,
His banishment and his recall,
        His bloom and his decay.

You've seen man shed his brother's blood,
The world for sin drown'd with a flood ;
   And you have seen, beside,
The ruthless storm of bloody war
Spread desolation wide and far,
   Thro' man's ambitious pride.

You've seen your Maker and your God
In pity leave His bless'd abode,
   The mansions of the sky,
The great wine-press of wrath to tread
For sinful men, and in their stead
   To suffer, bleed, and die.

And you have seen the captive's fears,
The widow's grief, the orphan's tears,
   And tyrants bearing sway ;
Death sweeping off both great and small,
Great cities rise, and kingdoms fall,
   And empires pass away.

But thou art still as bright and fair
As when the new-formed happy pair,
   In midst of blooming flow'rs,
Were fondly locked in other's arms,
Admiring one another's charms,
   In Eden's peaceful bow'rs.

Time has not dimn'd your native light,
Nor marr'd your sweet beams in their flight ;
   But as in ages past,
You now all things on earth do cheer,
And will in each succeeding year,
   While time and nature last.

THE CLOSING DAY.

AT e'ening, when my wark is done,
    I am aye unco fain
Tae dauner oot tae hear the burn
    Gaun murmurin' thro' the glen.

The wastern sun then gilds the clouds
    Wi' gowden fringes gay,
An' bonny scented closing flow'rs
    Bid fareweel tae the day.

A kind o' gloom hings in the howes,
    But hills look clear an' bricht,
An' shadows noo fast lengthen oot
    At the approach o' nicht.

The hame-gaun wearied busy bees
    Flee bye on bummin' wings,
An' doon within the hazel bank
    The cheerie mavis sings.

The wee bit bairns noo toddle hame
    Wi' faces blithe an' gay,
Frae wadin' holes, an' puin' flow'rs,
    Or rowin' on the brae.

But noo they are sae wearied grown,
    That they can scarcely creep,
An' gin they get their parritch ta'en,
    They'll a' be soond asleep.

It's heartsome aye tae see the bairns,
    A' playin' roond sae fine,
It minds ane hoo they did theirsel',
    When they were young langsyne.

Fond mem'ry paints past scenes anew,
    Tae whilk the heart inclines,
An' when she brings them tae the view,
    A halo roond them shines.

But bonnie simmer soon gangs by,
    Altho' its warm an' braw,
Sae youthfu' joys last but a blink,
    An' then they fade awa'.

Bricht hopes, like pleasant fairy dreams,
    The youthfu' heart do cheer,
Till wreck'd by disappointment's blast,
    They quickly disappear.

But tho' the sparklin' morning sun
    May be o'ercast ere noon,
He may slip oot frae 'hint the clouds,
    An' shine ere he gaes doon.

Sae tho' dark clouds o' grief an' care
    May whiles enshroud the mind,
Life's e'ening sun may set serene,
    An' leave bricht rays behind.

THE LANDSCAPE;

OR, A VIEW IN SUMMER.

WHEN cheerful summer smiles on hill and plain,
  I love to wander on some rising ground,
Above the mountain stream and bushy glen,
  And quietly view the scenery around.

Now all the beauties of both sea and land,
  Of woods and flow'rs, of rivers, lakes, and sky,
Are blended nicely in one picture grand,
  That charms and captivates the ravish'd eye.

The fleecy clouds on gentle breezes ride,
  And 'twixt the sun and earth oft intervene,
Their fleeting shadows cross the mountain's side,
  Which beautify and variegate the scene.

How pleasant now to hear o'er hill and plain,
  In sounds enchanting, and in notes so rare,
The lovely warbling lark's soft flowing strain,
  While soaring 'midst bright sunbeams high in air.

The rugged hills in wild confusion grand,
  O'erspread with hardy heath, and bush, and brake,
Come rolling onward, till they frowning stand
  In frightful precipices o'er the lake.

Whose lovely azure tide, in clear expanse,
  Reflects surrounding scenes in light and shade,
Like pleasant fairy worlds seen in a trance,
  That ne'er were made for mortal feet to tread.

K

And far away, beyond where hills divide,
  Is seen clear shining in the sun's bright rays,
The mighty ocean spreading far and wide,
  Till lost in distance in a misty haze.

There hardy seamen bend the quiv'ring sails,
  With light and cheerful hearts, and willing hands,
And make all ready for the passing gales,
  Which waft them homeward, or to foreign lands.

How grand to see, tho' in the distance far,
  Our country's guardians and our country's pride,
Those noble messengers of peace or war,
  At rest or gliding o'er the swelling tide.

But looking nearer still on fields so green,
  Where summer lavishly her charms displays,
Amidst the softest beauty may be seen
  The wrecks and monuments of former days.

The time-worn ruin'd castle, ivy-bound,
  Above the waving wood with aspect grey,
Rears up its crumbling head, and looks around
  On fields and cottages all smiling gay.

And here upon this height a fog-clad cairn
  And rude stone pillar rear their heads to tell,
That here some noble patriots bold and stern
  Fought for their country, and for freedom fell.

And down in yonder solitary spot,
  Beside a gurgling spring's bright sparkling wave,
Is seen the lovely flower forget-me-not,
  In youthful bloom, upon a martyr's grave..

Around their lowly beds the heath still blooms,
  And on their resting-place doth fragrance shed,
While noble thistles wave beside their tombs,
  And guard the ashes of the honour'd dead.

Now let me view the valley far and near,
  Thro' which the winding stream pours down its tide,
Where waving fields of corn and woods appear,
  And lordly mansions rise in lofty pride.

See yon majestic pile, with turrets high,
  'Midst lofty spreading trees and fields so fair,
Could happiness be found beneath the sky,
  The mind would say that it is surely there.

But no, 'tis not within rich sculptur'd walls
  That peace and happiness on earth we find,
Nor yet in pompous show 'midst gilded halls,
  But in the lowly and contented mind.

Oh, let me ne'er envy the rich and great,
  Tho' I have but an humble homely cot,
In nature's charms I have a rich estate,
  Then let me be contented with my lot.

ADDRESS TO EDINBURGH.

NOW Summer folds sweet Nature in her arms,
    And smiles upon her face with sunbeams bright,
While Nature, pleas'd, displays her fairest charms,
    And everything seems joyous with delight.

The trees with blossoms rich and foliage hing,
    And flowers are dress'd in robes of every dye,
In concert sweet the little warblers sing,
    Whilst lakes reflect the azure of the sky.

132

Such, then, is Nature's aspect while I stand,
  Edina, on your Castle's rocky height,
And view your spires and monuments so grand,
  With gorgeous fabrics steep'd in sunbeams bright.

Oh, what a splendid scene before me lies,
  Of hills, and dales, and edifices fair,
Of fields and woods, where smiling villas rise,
  And sea and land combine in beauty rare.

But yet, one object fills me with surprise,
  Some lofty pillars shining in the sun,
Which tell your magnates, tho' both rich and wise,
  Have failed to finish what they've long begun.

A noble structure, of proportions fair,
  If only finished, would be yet your pride,
But as it is, a castle in the air,
  To mar your beauty, and your wealth deride.

Oh, what a pity, if it always stand,
    Like some gaunt spectre, on so grand a site,
Are there no wealthy patriots in the land?
    Ev'n I, tho' poor, would contribute my mite

To forward on a noble work of art,
    (That all the world might see, and would admire),
And show that Scotchmen can act well their part,
    In everything to which they do aspire.

WILD FLOWERS.

SOON as the laverock leaves its nest
        Amang the waving corn,
And sings exhausted nicht to rest,
        And wakes the morn.

Then a' the sparklin' orbs o' nicht
        Grow dim an' fade away,
The bats an' howlets cease their flicht,
        And hide frae day.

The plovers wail, an' peeseweeps cry,
        An' mount on soughin' wings,
An' while the sun speels up the sky,
        The mavis sings.

Wild flowers o' every dye an' shade
        Fling fragrance on the breeze,
An' with their beauty sunward spread,
        Nod to the bees.

Sweet emblems of the human race,
  Their life is but a span,
But in their beauty we may trace
    God's love to man.

Amidst the wilds we would have mourn'd
  In this dark world of ours,
If God had not them so adorned
    With lovely flowers.

Then let us view those gems so bright
  Which deck the grassy sod,
An' prize them high with great delight
    As gifts from God.

TO A FRIEND ON THE BIRTH OF A CHILD.

WISH you muckle joy, guid frien',
  O' your wee tender flow'r;
May He that tae you it has gi'en,
  Protect it by His power.

An' biel't frae a' the storms o' life,
  An' ilka fatal blight,
An' mak' it tae yoursel' an' wife,
  A blessing an' delight.

A P.S. TO A LETTER.

ILK letter that I get frae thee
  Mak's my auld heart fu' fain;
Sae dinna then be unco lang
  Until you write again.

TRUE LOVE.

WHEN e'en flings her shades owre the wudlands an' lea,
　　An' clouds are gowd-ting'd in the west,
I like tae steal oot wi' my Maggie a wee,
　　Tae banks that wi' wild flow'rs are drest.

How pleasant tae watch the clear burn's restless tide,
　　Like time slipping noiselessly by,
While love an' affection invite us tae bide
　　Till stars blink oot bricht in the sky.

Affection that waukens the laverock at morn,
　　Tae sing owre her nest on the lea;
An' love bauns, like woodbine entwining the thorn,
　　Unite my sweet Maggie an' me.

When love twines the wreaths o' affection around
　　Twa hearts that wi' ither are fain,
What pity if garlands sae tenderly bound
　　Shou'd be riv'n asunder again.

Awa' wi' the love that for gear tak's its rise,
　　Contentment frae it never springs;
A serpent aye lurks 'neath the gay glitt'ring prize,
　　An' aften the gowd hunter stings.

O, pity the wretch that for gowd has a thirst,
　　His happiness lasts but a day;
But love that begins wi' affection at first
　　Has pleasures that never decay.

TO A VERY LEAN COW.

PUIR beast, reduc'd tae skin an' bane,
　　Sae weak, ye scarce can gang your lane,
　　　　Just tremblin' on your feet ;
Your cruel owner's sair tae blame,
For it is baith a sin an' shame
　　　　Tae pinch ye sae o' meat.

Ye wad ha'e been a braw snod coo,
If your wame had been keepit fu',
　　　　An' tented aye wi' care ,
But o' your food ye've been bereft,
Till naething o' ye noo is left,
　　　　Except banes, skin, an' hair.

O, really, I am wae tae see
Your gleg an' hunger-sharpen'd e'e
　　　　Turn roon', when ye cry moo ;
As if imploringly tae say,
O gi'e me just ae bite o' strae,
　　　　An' save a starvin' coo.

Nae tender heart e'er fill'd their breast,
An' they've been void o' sense at least.
　　　　Wha's been sae ill tae thee,
Tae let ye sae in hunger pine,
Till tae a skeleton ye dwine,
　　　　An' likely soon will dee.

Shame on the cruel senseless crew,
That ill use cuddie, horse, or coo,
　　　　Aye, whether man or woman ;
Wha starve dum' brutes for want o' meat,
Or strike them sair wi' han's an' feet,
　　　　Can hardly be ca'd human.

—•✖•—

TO MRS. ROBSON.

WELCOME, sweet Maggie, to bonnie Hillen',
   Far up in the moorlands, where few folk ye ken,
But tho' come 'mang strangers, ye've naething tae fear,
While ye ha'e your Robert your young heart to cheer.

For he is noo plighted wi' you aye to share
His love an' affection, his joy an' his care,
As lang as the least spark o' life does remain,
An' mak' ye aye welcome at bonnie Hillen'.

To cheer ye, the bonnie, mild, sweet, smiling spring,
In richest profusion, the wild flow'rs will bring;
While blackbird, an' mavis, an' robin, an' wren,
Will sing ye a welcome to bonnie Hillen'.

The larks will pour doon their sweet sangs frae the sky,
An' peeseweeps an' plovers, as they're fleeing by,
Alang wi' the wild ducks, an' bonnie moorhen,
Will cry that ye're welcome to bonnie Hillen'.

A' nature rejoices when heart joins wi' heart,
In honest endeavours to act weel their part;
An' a' really right-hearted women an' men
Will say ye are welcome to bonnie Hillen'.

Then welcome, sweet Maggie, to bonnie Hillen',
Far up in the moorlands where few folk ye ken;
Tho' come amang strangers ye've naething to fear,
As lang's your ain Robert your young heart does cheer.

HILLEND.

(THE AUTHOR'S HOME FOR TWENTY-ONE YEARS.)

THO' nature spreads her sweetest charms,
    Beside the flowing tide,
An' in the spreading valleys green,
    Whar whimplin' burnies glide.

An' tho' she in a richer bloom
    Is seen in wud an' glen,
Yet she has walth o' beauty wild
    She flings aroon' Hillen'.

Yes, on Hillen' and Braco braes
    Are mony pleasant spots,
When simmer spreads her flow'ry robes
    A' owre the hills o' Shotts.

The heather bell an' thistle green
    Grow up in all their pride,
An' violets blue an' gowans white
    Are blooming side by side.

Here ane can beek in sunbeams bright,
    Or 'mang the brakens stray,
An' hear a' roon' the hummin' bees,
    An' laverock's warblin' lay.

An' here, hill, lake, an' moss, an' muir,
    A' mingle in the scene,
While nature, in a grandeur wild,
    O'er ilk an' a' does reign.

Ev'n when the sun slides oot o' sicht,
  Ayont the muckle Bin,
An' on the moon flings back his licht,
  Heigh up aboon Drumfin.

When Forrest hills are growin' dim
  In gloom o' fadin' day,
An' blinkin' stars begin tae rise
  Far east owre Auchingray.

The Reservo' lies clear and calm,
  Unruffled by the breeze,
An' Braco reek speels tae the sky,
  Aboon the auld ash trees,

When flow'rs do fauld their beauties up
  In midst o' fa'in' dew,
Tae rest till ance the cheerfu' morn
  Bids them spread oot anew.

An' when day's lost in gloom o' nicht,
  There's beauty even then
In the deep shades an' peacefu' calm
  That hovers roon' Hillen'.

MY EVENING WALK.

LOVE to wander by some streamlet clear,
  When summer, with sweet flow'rs, its banks has
    dress'd,
And lengthened shadows all around appear,
  While ling'ring sunbeams hover in the west.

When woods and glens around so sweetly ring,
  With quiv'ring echoes as they fleet away,
While in the leafy bow'rs sweet warblers sing
  Their farewell anthems to departing day.

How sweet to view the lovely scenes around,
  And scan the beauties of gay flow'rs and trees,
To hear the rapid streamlet's murmuring sound,
  And softer sighings of the balmy breeze.

With heart content and from ambition free,
  I love to wander in this quiet retreat,
Where more real beauty all around I see
  Than all the empty glare of pomp and state.

MY BONNIE MARY.

NOO simmer decks wi' flowers the lea,
  An' roon' them hums the busy bee
But nature has nae charms for me,
  When absent frae my Mary.
    Come, then, to the bushy glen,
    At a time when nane will ken;
    For tae meet ye I am fain,
      My bonnie Mary.

The trees wi' snaw-white blossoms hing,
Sweet warblin' birds fu' blithely sing,
Amang the rocks the echoes ring
   Wi' music sweet to cheer thee.
      Come, then, to the bushy glen,
      At a time when nane will ken ;
      I wad like your heart tae gain,
        My bonnie Mary.

The wimplin' burn comes rowin' doon
Wi' quiv'rin' waves an' murm'rin' soon',
Braw flow'rs are bloomin' a' aroon',
   Sweet emblems o' my Mary.
      Come, then, to the bushy glen,
      At a time when nane will ken ;
      O, gin ye were but my ain,
        My bonnie Mary.

Our hours wad fleet by like a stream,
While baskin' in love's sunny beam,
Our cares wad vanish like a dream,
   An' we wad be fu' cheerie.
      Come, then, to the bushy glen,
      At a time when nane will ken ;
      Love for thee I'll aye retain,
        My bonnie Mary.

Ambition wi' its tow'rin' head,
An' av'rice wi' its hungry greed,
For me, on glitt'rin' gowd may feed,
   If I had but my Mary.
      Come, then, to the bushy glen,
      At a time when nane will ken;
      Your true lover I'll remain,
        My bonnie Mary.

ELEGY TO SUMMER.

NOW is the time to view the works of God,
    When Summer comes with sunbeams in her train,
And strews with sparkling gems the grassy sod,
    And spreads her flow'ry robes o'er hill an' plain,
        In colours bright,
        Blue, red, and white,
    With other lovely shades and dyes,
        Both rich and rare,
        All wondrous fair,
    Which captivate the dazzling eyes.

Soft breezes, burden'd with the breath of flow'rs,
    Bring music sweet upon their scented wings,
From mountain, field, and flood, and leafy bow'rs,
    Where songsters warble, and the cuckoo sings;
        With notes most clear,
        Which tidings bear,
    That now the springs of life do flow,
        In gushing streams,
        While sunny beams
    Cheer every living thing below.

Oh, how enchanting, lovely, and how grand
    Is nature's aspect in the sun's bright rays,
And how melodious is her vocal band
    When all are join'd in one sweet hymn of praise;
        While echoing woods
        And murm'ring floods
    Each contribute their precious mite
        To swell the song
        That floats along,
    And gives the heart supreme delight.

Oft ha'e my early steps to meet the morn
 Brush'd pearly dewdrops from the daisy's breast,
Awak'd the music of the wild bee's horn,
 And rous'd the skylark from her flow'ry nest,
    To mount and sing,
    On quiv'ring wing,
   Far up in air, her sweetest lay,
    While with her eyes
    She scann'd the skies,
   And hail'd the rising orb of day.

What signifies the mimic works of art,
 Or wealth's vain dazzle, and pride's richest dress,
They cannot joy or happiness impart,
 Nor with the beautiful the mind impress,
    Like blooming flow'rs,
    Or leafy bow'rs,
   So mild and pleasant, rich and grand,
    All lovely fair,
    Beyond compare,
   The work of an Almighty hand.

Let purblind mortals wade to thrones through blood,
 Or grovel in the dust to swell their gains,
Such have no pleasure in the cheerful wood,
 And see no beauty in the flow'ry plains;
    But yet to me,
    Flow'r, bird, and tree,
   Give far more joy than riches bring;
    When in the woods,
    Or by the floods,
   I'm happier far than any king.

TO THE LOVERS OF NATURE.

ET up an' be daun'rin', as sune as the day peeps
Frae'neath the last faulds o'nicht's mantle o' gloom.
An' listen the sang o' the whaups an' the peeseweeps,
 An' look on the bonnie wee flow'rs a' in bloom ;
When dewdrops o' morning,
Ilk grass blade adorning,
Like gems sparkle bricht in the sun's infant rays,
While wee birds are singin',
'Mang white blossoms hingin',
An' laverocks are shooring doon torrents o' lays.

An' when day's orb speels tae the tap o' the blue arch,
An' pours doon on nature great gushes o' beams,
Then watch hoo the minnins, the troots an' the green perch,
 Kick up their droll capers in lochs an' in streams ;
While fragrance o' wild flow'rs,
An' sweet scent o' brier bow'rs,
Come floating alang on the wings o' the breeze,
An' blackbirds an' thrushes,
An' cuckoos an' cushies,
Are mixing their sangs wi' the hum o' the bees.

But noo is the time that ilk ane should be roamin',
Tae view nature's beauties on plain, howe, or heicht,
Ere nicht hurkles doon at the back o' the gloamin',
 An' hides a' the bonnie wee flow'rs oot o' sicht ;
For lovely is nature,
In every feature,
When day's orb slides doon owre the western skies,
An' flings back his bricht rays
On hills, wuds, an' green braes,
An' clouds show their gowd tints, an' flow'rs their rich dyes.

———•◦•———

L

THE FALLS OF CLYDE.

WHAUR nature stubborn rocks has riv'n,
  Tae let sweet Clyde rin through,
An' crowns the crags wi' spreading trees,
  How bonnie is the view.
146

How grand tae see the silv'ry tide,
   Wi' loud an' deaf'ning din,
Come rowin' doon in sheets o' foam,
   Oot owre the Corra Lin.

Enchanting beauties, rich an' rare,
   Are here spread oot in spring,
When flow'rs lift up their heads tae bloom,
   An' blithesome birdies sing.

An' when that smiling simmer steeps
   Ilk place in sunbeams bright,
Clyde's sparkling waves an' shady banks
   Gi'es ilka ane delight.

When autumn's with'ring breath appears
   On fading flow'rs an' wuds,
Here beauty's seen in their last tints,
   As weel's in foaming floods.

Ev'n when cauld winter, howling wild,
   Wi' snaw cleads howe an' hill,
The hoary trees an' icebound waves
   Ha'e beauty in them still.

Clyde, an' Strathclyde, are fam'd afar
   For trade, and lordly ha's,
An' for rich beauty a' throughoot,
   But mair sae at the fa's.

SIMMER'S RETURN.

BRAW flow'rs noo are bloomin',
 Wi' bees 'roon' them hummin',
An' lambs dance fu' blithely on hill an' on plain,
 While wuds are a' ringin'
 Wi' wee birdies singin',
For joy that sweet simmer has come back again.

 On life's brae sae briery,
 Sae roughsome an' dreary,
O' thorns noo or thrissles there seem tae be nane,
 For a' the deep traces
 O' care on folk's faces
Are fled since bricht simmer has come back again.

 Wee bairnies are rowin'
 Whar wild flow'rs are growin',
An' some try tae rin that can scarce gang their lane,
 While ithers are loupin',
 Or heels-owre-head coupin',
Quite happy that simmer has come back again.

 Ev'n those whase diseases
 The cauld eastern breezes
Screw up tae a pitch, mak's them hirple an' grane,
 Ha'e hopes noo far brichter,
 An' limp on far lichter,
Wi' ease since warm simmer has come back again.

 It then maun be folly
 Tae think melancholy
Maun aye bear the rule, an' owre a' bodies reign,
 For there are vast treasures
 O' sunshiny pleasures
Tae ilk ane when simmer has come back again.

A MORNING SOLILOQUY.

NOW yon pale star, the harbinger of day,
  Which oft I've view'd with wonder and delight,
Is fading quickly from my sight away,
  Its less'ning rays dissolving 'midst the light.

For infant morn has crept from shades of night,
  And day's bright orb is coming into view,
While countless blooming flowers, in colours bright,
  Are bath'd in tears of sparkling pearly dew.

In bushy glen is heard the murm'ring stream,
  The rising mist o'er distant hills is spread,
While in the calm clear lake, bright shadows seem
  To slumber quietly in their wat'ry bed.

The skylark high in air sings sweet and clear,
  The warbling thrush sings on the flow'ring thorn,
Their notes, with rapture fill the ravish'd ear,
  And add more beauty to the summer's morn.

Oh,' how enchanting is this lovely scene
  Of mountains, valleys, rivers, woods, and streams,
All richly blended, 'midst a peace serene,
  Where everything in nature joyful seems.

For now the sun his genial beams expand,
  Undimm'd by time, or stain'd by lapse of years,
Diffusing life and light o'er sea and land,
  And with his heat the heart of nature cheers.

I here in nature's wondrous temple stand,
　Where beauteous tracery all around me rise,
The rugged hills compose its pillars grand,
　The flow'ry sod its floor, the roof the skies.

With joy transported, I can now survey
　Each varied insect, plant, and little flow'r,
They bright as sunbeams to my mind convey
　God's wisdom, goodness, and Almighty pow'r.

O Eden, what wert thou, before sin left
　Upon thy blooming bow'rs its blights and stains,
And the young world of loveliness bereft,
　When yet so much magnificence remains !

WILLIE GORDON'S ADDRESS,

At a Fishing Club Dinner, Airdrie.

MY fishing cronies, ane an' a',
　　Wha like tae throw a line,
Come, let me shake ye by the han'
　For auld langsyne.
　　　For auld langsyne, my frien's,
　　　　For auld langsyne,
　　　We've landed mony a sonsy troot
　　　　Since auld langsyne.

When I was but a wee, wee chap,
　I weel enough hae min',
I fish'd for minnins wi' a preen,
　An' sewing thread for line.
　　　An' sewing thread for line, my frien's,
　　　　An' sewing thread for line,
　　　An' just a saugh wan' for a gaud,
　　　　An' thocht that it did fine.

An' mony a time wi' rod an' creel
  I've dauner'd oot sin syne,
Tae skim the flees on loch an' burn,
  When simmer days were fine.
      When simmer days were fine, my frien's,
        When simmer days were fine,
      An' happy been wi' mony a frien',
        Since the days o' langsyne.

An' tho' I'm noo baith auld an' stiff,
  An' far in life's decline,
I yet will cheat the finny tribes,
  As I ha'e dane langsyne.
      As I ha'e dane langsyne, my frien's,
        As I ha'e dane langsyne,
      For I like weel tae fill my creel,
        An' on a troot tae dine.

But when I'm dead, an' in the mools,
  Ye'll tak' this rod o' mine,
An' stick it straught up at my head,
  An' it will answer fine.
      An' it will answer fine, my frien's,
        An' it will answer fine,
      Tae let folk see whaur Willie sleeps,
        An' keep him lang in min'.

An' noo, my fishing billies a',
  Anew let us combine
Tae fish accordin' tae the law,
  An' ne'er frae it decline.
      An' ne'er frae it decline, my frien's,
        An' ne'er frae it decline,
      Oor character is yet fu' braw,
        An' it we mauna tine.

THE VOICE OF FLOWERS.

FAR in a dreary desert wild,
 A flow'r, sweet nature's lonely child,
   In form and colour rare,
Once met a downcast wand'rer's eyes
And made his drooping spirits rise,
   And kept him from despair.

He view'd with wonder and delight
The little lovely gem so bright
   In nature's richest dye,
And thought the same Almighty hand
That raised it 'midst the barren land
   Would all his wants supply.

If, in man's pilgrimage below,
He meets with hardships, want, and woe,
   Yet in life's darkest hour
God can his drooping spirits cheer,
And dissipate his greatest fear,
   Ev'n by a little flow'r.

Flowers have a voice, if man could hear,
That speaks to him in accents clear,
   And says, God's everywhere,
He nourishes each tender plant,
And will supply your every want :
   Then why will you despair?

TO ROBERT TENNANT (GLASGOW).

AS when oor hearts the snawdrap cheers,
   Near winter's end when it appears,
Tae tell 'mang storms o' sleet an' rain
That spring will sune be back again.

Or as when laverocks mount tae sing
Their welcome tae the infant spring ;
Oor hearts grow licht, an' we rejoice
Tae hear the cuckoo's welcome voice.

Sae your kind letter gi'ed me pleasure,
The same's I'd fund some lang-lost treasure,
Or met wi' some auld honour'd frien'
Wha lang before I hadna seen.

I whiles thocht ye had ta'en the tod,
Or that ye'd drappit aff the sod,
Or 'mang life's warplin' cares had trippit,
Or far oot owre the sea had shippit.

Your silence was sae unco lang,
But noo I see that I was wrang,
Your piece I read thrice owre at leisure,
An', man, it gi'ed me muckle pleasure.

The scene is real tho' far frae gran',
Yet's painted wi' a master han',
In a' details, an' what is better,
Is sterlin' truth tae the last letter.

Lang may the muse aroon' ye fling
Her favours thick, an' gar ye sing,
An' her bricht mantle o'er ye cast,
An' croon ye wi' a bay at last.

But my auld muse is lame and lazy,
I'm fear't she's grown a wee thocht crazy,
Sae I maun fling aside my pen,—
Yours truly, D. T. at Hillen'.

THE SHEPHERD'S ADDRESS TO A DYING LARK.

ALAS ! sweet bird, thy drooping head,
    Thy closing eyes and heaving breast,
With quiv'ring wings far outward spread,
    Tell that thou'lt soon be at thy rest,
Then all life's struggles will be o'er,
And thy sweet voice be heard no more.

Ah ! lovely bird, no more thou'lt sing
    Thy cheerful song in merry glee,
To welcome in the new-born spring, -
    Or to give rapt'rous joy to me,
For when I heard thy notes so clear,
I knew that sunny days were near.

When snowdrops rais'd their tender forms,
    So mild 'midst bitter blasts severe,
I knew then that wild winter's storms
    Would cease, and spring would soon appear;
But when I heard thy cheerful lay,
I knew that winter was away.

No more at morning's early dawn,
   With dewy wings, thou'lt upward rise,
Above the flow'r-bespangl'd lawn,
   And pour down music from the skies,
To give my list'ning ear delight,
While watching the first rays of light.

I'll miss thy joy-inspiring lay,
   That often made my heart so fain,
At morning, noon, and close of day,
   While wand'ring o'er field, hill, or plain ;
For when I heard thee high in air,
It cheer'd my heart and eas'd my care.

Oh, few will know or mourn thy fate,
   Yet there is one that loves thee dear,
Who sees thee now with sad regret,
   And sheds a sympathising tear,
And tho' thy life he cannot save,
He'll lay thee in a peaceful grave.

And when thou'rt number'd with the dead,
   And laid within thy lonely tomb,
He'll plant a daisy at thy head,
   That year by year will rise and bloom,
With sparkling dewdrops on its breast,
To mark thy peaceful bed of rest.

Ah ! life is like a tender flow'r,
   That blooms at morn in colours gay,
But may be blighted in an hour,
   And fade before the close of day,
Or like a cloud before the wind,
That flits and leaves no trace behind.

A VOICE FROM THE FIELD OF
BANNNOCKBURN.

BRAVE SCOTSMEN! if you mean to rear,
   In mem'ry of your heroes dear,
      A pillar or a shrine;
Then raise it on some honour'd field,
Where Scottish power made tyrants yield;
      What field, then, is like mine?

Brave Wallace stood in Scotland's cause,
Fought for her liberties and laws;
      And when his race was run,
Here England's tyrant met defeat;
And here Bruce nobly did complete
      What Wallace had begun.

A pillar raise with lib'ral hand,
In mem'ry of the noble band
      Who Scotland did defend;
And dealt on tyrants deadly blows,
And strew'd the heath with slaughter'd foes,
      And independence gain'd.

And let your gratitude appear
For liberties you hold so dear,
      And place in bold relief
A statue of the man who gained
Those liberties and them maintained,—
      Bruce, Scotland's king and chief.

A SUMMER SCENE.

WHEN smiling summer had, o'er hills and plains,
    Spread out her flow'ry robes of varied dyes ;
And cheerful warblers sang their sweetest strains,
    While fleecy clouds were floating o'er the skies ;

I, musing, wander'd by the mountain stream,
    Where, murm'ring o'er its peebly bed, it ran
Its race, and passed, quick as a midnight dream,
    A fleeting shadow, or the life of man.

Its infant tide had wander'd from its home,
    The sparkling fountain 'midst the mountains high ;
O'er rocks had fallen oft, till dashed to foam,
    And now in wild career it hurried by.

An old decaying oak and broken flow'r,
    Near to a crumbling tow'r of aspect gray,
They emblems were, of human fame and power,
    Health, strength, and beauty,—for all pass away.

The sun in heav'n's blue arch shone high and bright,
  And flooded with his rays hills, woods, and streams;
And filled the little warblers with delight,
  While sportive insects fluttered in his beams.

But soon upon his brilliant face a cloud
  Was spread, and in deep shades veil'd nature's bloom;
While grumbling thunder raised its voice aloud,
  And quiv'ring lightnings rent the dreary gloom.

But, when the warring elements pass'd by,
  A peaceful, lovely rainbow did appear,
In colours bright, and joined the earth to sky,
  Soothed trembling nature, and dispelled her fear.

Then fields refreshed appear'd, and birds again
  Resumed their lovely songs in woods and air,
Till echoes rang, and o'er both hill and plain
  Sweet flowers displayed their beauties, rich and rare.

With eyes, delighted with a scene so fair,
  I view'd those lovely gems that deck'd the sod,
So gay; and wond'ring asked who placed them there,
  A voice within me answered, It was God.

'Twas He who made the earth, the sea, and skies,
  And gave to lovely flowers their varied forms;
Bade streams and rivers flow, and mountains rise;
  Commands the tempests, and who stills the storms.

He likewise formed the orbs that deck the sky,
  And shine so lovely o'er the field of space;
All creatures on the earth, both low and high,
  And gave to each its mission and its place.

TO A WOODLARK.

GRAND is that sang, bonnie bird, ye are singin',
   It rings thro' the woodlands, in echoes fu' sweet.
An' tells us a' cares frae yer bosom ye're flingin',
   An' noo, wi' contentment, yer joy is complete.

For simmer has come wi' her rich flow'ry treasures,
   Her saft balmy breezes, an' days bricht an' lang,
An' shoors on a' creatures real sunshiny pleasures,
   Sae ye are quite happy, an' lilt a bit sang.

How lovely yer notes, O, how sweet an' enchantin',
   They'd licht wi' a smile the dark face o' despair,
Sae joyfu' that naething in them is awantin',
   Tae cheer up my dull heart, an' drive aff my care.

If I frae yer licht heart, a lesson could borrow,
   I would be contented wherever I'd dwell,
An' ne'er fash my head wi' vain cares for to-morrow,
   But let ilka day mind the things o' itsel'.

Sing on, bonnie bird, for ye ha'e a commission
   Appointed to you by yer Maker an' God,
An' ye ha'e accomplish'd a pairt o' yer mission
   In cheerin' a wand'rer on life's rugged road.

EVENING.

THE wearied summer sun has sunk to rest,
   But his last ling'ring rays are still in sight
Above the gloomy mountains in the west,
   That wilder look at the approach of night.

The closing flowers are wet with falling dew,
 The lark has ceas'd from her sweet warbling lay,
And lovely scenes now vanish from the view,
 That lately look'd so charming, fresh, and gay.

Bright shadows hasten from the dark'ning lake,
 The balmy breeze has ceas'd, the leaves are still,
No sound is heard except the landrail's craik,
 And the soft murmur of the mountain rill.

How soon does nature lose her lovely bloom,
 When once declining day's expiring light
Is lost amidst the ev'ning's deep'ning gloom,
 And buried in the silent shades of night.

Tho' wrapt in sable robes sweet nature lies,
 If thro' the gloom we cast our eyes abroad,
And view the sparkling stars that deck the skies,
 We see new traces of Almighty God.

Those vast and countless orbs that float in space,
 Form'd and upheld by His Almighty hand,
Have an appointed course to run their race,
 And silently obey His great command.

By night or day, where'er we cast our eyes,
 Above, below, on water, earth, or air,
Ten thousand wonders do from each arise,
 And all alike His mighty pow'r declare.

THE CHEERFULNESS O' SIMMER.

WHEN day's bricht orb speels up on high,
'Maist tae the keystane o' the sky,
     In splendour brightly beamin',
An' on this rugged world o' ours,
On hills, an' dales, an' wuds, an' flow'rs,
     His sparklin' rays are streamin' ;

Invited by the blackbird's lay,
How sweet in fields an' wuds tae stray
     'Mang nature's flow'ry treasure ;
Tae hear the cuckoo's welcome cry,
An' see the swallows jinkin' by,
     Which fills ane aye wi' pleasure.

Or, wand'rin' by the burnie's side,
Tae watch within its silv'ry tide
     The flow'rs their shadows dippin';
While a' the time, in merry glee,
The little, busy, humble bee
     Is frae them nectar sippin'.

How sweet tae hear within the grove,
The deep enamour'd cushie dove
     His love tae his mate tellin' ;
While high upon some tender spray
The mavis sings his sweetest lay,
     His notes tae echoes swellin'.

An' see the woodbine raise its head,
Wi' a' its beauty sunward spread,
     An' round it fragrance flingin' :
While frae among the blossom'd trees,
The pleasant music o' the bees,
     The balmy breeze is bringin'.

Tae a' the lovely warblers' lays,
The wee grasshoppers on the braes,
    Their whirrin' sangs are addin',
Tae swell the universal strain
That sweetly sounds o'er hill and plain,
    Puir mortal hearts tae gladden.

Sweet simmer's songsters, in their glee,
Gar sullen melancholy flee,
    Their notes are sae beguilin';
An' aft the laverock's cheerfu' sang
Dings cankerin' care doon wi' a bang,
    An' sends despair aff smilin'.

TO THE LAVEROCK.

SONGSTER o' hill and plain,
    Ye mak' my heart aye fain,
When that I hear thee at dawn o' the day,
    Far abune fields an' wuds,
    Heigh up among the cluds,
Singin' sae loodly your sweet warblin' lay.

    When by the mountain stream,
    Aft like a fairy dream,
Mem'ry paints yet sweet days, lang since gane by;
    When wi' companions dear,
    In days baith warm and clear,
I pu'd the wild flowers, an' watch'd you on high.

    But thae days are a' gane,
    Noo I am left my lane,
Still I'm content 'midst adversity's blast.
    An' aye when I hear thee,
    Your sweet sang does cheer me,
An' fondly I think on the days that are past.

TO FRANCIS COWAN (Newarthill).

MAN has been doom'd tae grief an' pain,
    An' toils, since ever Adam fell;
An', I've nae doot, ye've ha'en yer share
    O' ups an' doons as weel's mysel'.

The lot is cast into the lap,
    An' maun be for some wise intent;
Sae we shou'd jog alang life's road,
    Be't rough or smooth, an' be content.

We aft may think oor lot is hard
    When wi' slight troubles we are tried;
Yet a' oor seemin' ills may rise
    Frae vile ambition, greed, or pride.

The humble mind can hardships bear
    That proud, high minds wad crush ootricht;
But real content has nocht tae fear,
    For it can mak' a' burdens licht.

Sae, while we journey on through life,
    'Mang this warld's snares, its smiles, or frown,
Let patience ha'e her perfect wark,
    An' faith an' love oor actions crown.

FEAR NOCHT, AULD JOHN BULL.
(Written at the time of the Volunteer Agitation.)

FEAR nocht, auld John Bull, ye're a gey stuffy blade,
    Ye're hardy and brave, an' ye're brawny,
What foe will ere dare your rough shore tae invade,
    As lang's ye are backèd by Sawney.

For Sawney's a chap that ne'er kens tae retreat,
    An's no easy fear't wi' a trifle ;
When he'd but a sword he was gey ill tae beat,
    But noo he'll be waur wi' his rifle.

Sae while you an' Sawney do join heart and han',
    An' stick up wi' shouther tae shouther,
There's nae foreign loon dare set foot on your lan',
    As lang's ye ha'e rifles an' pouther.

United ye yet can defend your braw rose,
    As weel as the auld roughsome thistle,
An' laugh in your sleeve at your lood-braggin' foes,
    An' needna regard them a whistle.

An' as for your frien' o' the Emerald Isle,
    Auld, warm-hearted, bold, blustering Barney,
He'll fricht a' invaders awa' frae the soil,
    Wi' volleys o' thunderin' blarney.

Lang, lang may the shamrock, the thistle, and rose,
    Bloom bonnie an' never be blighted,
An' lang may the three blades that guard them frae foes,
    Be friendly, and firmly united.

NATURE'S CHARMS WHEN SUMMER SMILES.

WHEN summer smiles, she oft me wiles
    In fields an' woods to stray,
To leafy bow'rs, or where sweet flow'rs
    Are blooming fresh and gay.

Or, to the streams, where sunny beams
    Are sparkling bright and clear,
While, from the woods, sweet songs in floods
    Flow softly on my ear.

How lovely, sweet, oh, how complete
    Sweet nature now is seen,
On hill and plain, in wood and glen,
    In her gay robes of green.

How grand the scenes, while summer reigns,
    When flow'rs of every dye
Do meet the sight, in colours bright,
    And captivate the eye.

When on the breeze, the hum of bees
    Swells nature's cheerful hymn,
Which flows from woods, hills, plains, and floods,
    In one grand song sublime.

How wondrous grand, sky, sea, and land
    In summer doth appear,
When day's orb bright, pours down his light,
    And every thing does cheer.

Whoe'er delights, in lovely sights,
    Or what instruction yields,
Views hills and plains, streams, lakes, and glens,
    Green woods and flowery fields.

How rich, how rare, how lovely fair
    Is every op'ning flow'r,
Their colours gay, at once display
    God's wisdom and His pow'r.

THE BEAUTIES OF NATURE IN THE WILDERNESS.

I LOVE in healthy wilds to roam,
    The moorfowl and the plover's home,
Where blooming flow'rs of every hue,
Of purple, yellow, red, and blue,
Like sparkling gems, adorn the sod,
All painted by the hand of God,
Of lovely forms and richest dye,
In splendour burst upon the eye.

Where, on the sighing, scented breeze,
Is borne the sound of humming bees,
As quick they journey on the wing,
Or round the opening flow'rets sing ;
And to make nature's choir complete,
The little sportive lambkins bleat,
While soaring larks, with voices clear,
Show'r floods of music on the ear.

How wild, magnificently grand,
Hills, valleys, lakes, and streams expand,
Both far and wide before the eyes,
Till blended with the distant skies.
In nature's universal book,
I wonders see where'er I look,
Each bird and beast, each plant and flow'r,
Reveal God's wisdom and His pow'r.

TO THE HEATHER.

GEM of the wilderness, emblem of hardiness,
    Wild may the storm howl, its wrath you can brave,
Rich in your crimson bloom, breathing a sweet perfume,
    Over the martyr and patriot's grave.

Fringing the mountain side, spreading out far and wide,
    Proudly you nod to the song of the bee,
Where tyrants ne'er dare tread, on your rich blooming head,
    While your brave guardians are hardy and free.

Dear unto my bosom is your pretty blossom,
    Splendid in colour, and rich in perfume,
Lovely in autumn's morn, hill and moor you adorn,
    Lighting with beauty the wilderness' gloom.

SUMMER'S MORN.

HOW pleasant is the summer's morn,
    When flow'rs are blooming gay,
When little birds in concert join
    To hail the coming day.

Thro' woods resounds the thrush's voice,
    In notes both rich and rare,
While floods of song flow down to earth
    From skylarks high in air.

How sweet to view the rising sun
    Shed forth his beams so bright,
To give new charms to lovely scenes,
    And chase away the night.

Then streams and lakes, like mirrors spread,
    Reflect the azure sky,
While shadows bright of hills and woods
    Deep in their waters lie.

How sweet the cuckoo's music sounds,
    Although her notes are few,
How gay the op'ning flowers appear,
    When wet with sparkling dew.

How pleasant is the fragrance sweet
    That floats thro' air at morn,
And flows from woodbine's op'ning flowers
    And snow-white blossom'd thorn.

Sweet nature smiles in youthful bloom,
    Mild, lovely, and serene,
And fills the heart with fresh delight,
    And beautifies the scene.

How pleasant now to walk abroad
    And read in nature's book,
For there God's mighty hand appears,
    Stamp'd on each leaf we look.

Hills, woods, and fields, yea, blooming flow'rs,
    Springs, lakes, and riv'lets clear,
And all the little warbling throng,
    Proclaim that God is here.

Go forth then, Atheists, to the fields
    And cast your eyes abroad,
Each flow'r will you condemn and say,
    Behold there is a God.

HUMAN WISDOM.

SOME men think they are very wise,
      Yet trust in vanity and lies,
And every good advice despise,
      So strong are their delusions.

They think that they have got new light,
And that they must be in the right,
While all besides are dark as night,
      So strange are their delusions ;

And that to heav'n they will advance,
By taking heed to wild romance,
Penn'd by some maniac in a trance
      Of horrid dark delusions.

They misconstrue God's holy word,
And all its precepts disregard,
As too old-fashion'd or absurd,
      Compar'd with their delusions.

But tho' great wisdom they pretend,
Their prophecies in smoke will end,
Then to the world it will be kenn'd
      How false were their delusions.

The false new light, with flick'ring ray,
Before the old light must give way,
For truth can bear the light of day
      Unaided by delusions.

IMPROVE TIME.

WHILE on your journey through this world,
    Upon life's rugged road,
Look on sweet nature as you pass,
    And lift your heart to God.

And if you've any leisure time,
    Improve it, if you can,
To benefit, if in your pow'r,
    Your brother fellow-man.

TO WILLIAM HOGG.

DEAR FRIEN', I'm at a loss tae ken
    What ye ha'e noo done wi' yer pen,
For fient a scrape o't noo ye sen'
        Me for tae tell,
Hoo wife an' bits o' weans a' fen',
        As weel's yersel'.

If 'mang life's cares ye ha'ena trippit,
Nor aff this yird ha'e row'd or slippit,
Or in a huff awa' ha'e shippit
        Oot owre the sea,
Ye in yer dreg o' ink micht dip it,
        An' write tae me.

An' I wad tak' it unco kin'
If ye'd do as ye did langsyne ;
When ye sent tae me mony a line
        O' sense an' wit ;
For really I'd be laith tae tine
        Yer frien'ship yet.

Fling by yer laziness a wee,
Some nicht when frae the wark ye're free,
An' scribble twa-three lines tae me,
    As weel's ye can ;
An' the first time I meet wi' thee
    I'll shake yer han'.

TO WILLIAM HOGG.

WHEN surly, growlin' winter's fled,
    An' spring, baith mild and fair,
Begins, wi' gentle, canny haun',
    Sweet nature to repair ;

Then wee birds, lang baith mute an' wae,
    Flit blythe the trees amang
An' see wi' joy her pleasant smile,
    An' hail her wi' a sang.

The bashfu' primrose on the bank,
    An' gowans on the lee,
Wi' heads scarce up aboon the yird,
    Their silent welcome gi'e.

A' nature smiles tae see her come,
    Field, mountain, loch, an' burn ;
An' hungry, ha'flins-wauken'd bees
    Dae welcome her return.

Sae, as spring gi'es tae nature joy,
    Your letter made me fain ;
I was sae glad, I ha'flins thocht
    That I was young again.

Just as when years on years had fled,
  Some auld an' honour'd frien'
Had steppit in, come frae abroad,
  Wha lang I hadna seen.

Langsyne loups back oot o' the past,
  When we our youth review;
When mem'ry houks auld stories up,
  Our lives begin anew.

Your lines wi' care I lookit owre,
  An' really they are clev'r;
Ye shou'd think muckle o' your muse,
  For she's as guid as ev'r.

Your riddle tae is unco guid,   ·
  An' tho' it seems absurd,
It is a fact that's daily seen,
  An' true in ev'ry word.

Lang may ye wag about the doors,
  An' aye be keepit thrang;
But don't forget tae mak' at times
  A poem, guess, or sang.

I wish ye weel, my honour'd frien',
  Your wife, an' weans, an' a';
An' if I'm ever yont your way,
  I'll come an' on ye ca'.

But I maun stop—my muse is lame,
  I'm fear't she's ta'en the spavie;
I therefore noo, dear sir, remain,
  Your humble servant, Davie.

BE HONEST.

BE honest, an' tho' ye are grippit gey sair
    Wi' hardships, as onward ye plod,
Ye will aye warsel thro', if ye dae what is fair,
    An' can aye keep the croon o' the road;
An' tho' ye are puir, never heed, don't repine
    As lang as yer duds are yer ain,
For lots keep a heigh head, an' dress unco fine
    Just by fraud, an' are rogues in the main.

Be honest, an' dae unto ithers as ye
    Wad ha'e ith'rs tae dae unto you,
An' ne'er try tae cover yer fau'ts wi' a lee,
    Or hide oot o' sicht what is true;
But speak truth and be just, then ye needna fear
    Tae meet the auld chap face tae face;
An' stan' up quite straught, afore prince, priest, or peer,
    Withoot either shame or disgrace.

Be honest, an' tak' nocht but what is yer ain,
    An' tak' not what's ithers an' a',
For what is ill gotten is never a' gain,
    For it gets wings and soon flees awa'.
An' tho' oft' ye see knaves and villains thrive weel,
    An' cheat folk as muckle's they can,
Don't covet their job, for they work for the deil,
    But he's fear't for a real honest man.

ADDRESS FRAE MARK THE BARBER, TAE LUKE THE LABOURER.

In answer to a poem which appeared in the *Airdrie Advertiser* on an Ordination Dinner at Slamannan, dated from a Temperance Hotel in Glasgow, and signed "Luke the Labourer."

———

MAN, Luke, ye've made a won'rous roar,
 That soon's like ony cannon,
Aboot a meetin' that took place
 Shortsyne doon at Slamannan,

Whaur ministers an' decent men
 Met in the inn thegith'r,
An' had a hearty frien'ly meal,
 An' crack wi' ane anith'r.

Ye'd gar folk think that ane an' a',
 The hale lot in a body,
Had got themsel's mirac'lous fu'
 Wi' drinkin' wine an' toddy.

But aiblins, Luke, that very nicht
 (For ought that I can tell)
They gaed a' sob'rer tae their beds
 Than what ye did yoursel'.

For temp'rance chaps aft like their drap,
 But lood against it cry
An' like a' ither hypocrites,
 They tak' it on the sly.

It's easy kent that ilka ane
  Wha has a wame and mooth,
Maun tak' a drink when they are dry,
  Tae drive awa' their drooth.

An' Luke, my lad, ye brawly ken,
  If ye wad like tae tell,
That ye tak' whiles a gey bit sook,
  When ye are dry yoursel'.

We aften see oor neebour's fau'ts,
  But dinna see oor ain ;
An' they wha ha'e the gleggest sicht,
  Ha'e aft the blackest stain.

What fau't was't tho' the decent men
  Gaed tae the inn tae dine,
An' after't had a social crack,
  An' took a glass o' wine ?

A wee drap wine is no forbid
  In frien'ship or distress,
If folk tak' jist what does them guid,
  An' no gang tae excess.

I dinna like strong drink mysel',
  But think they are tae blame
Wha backbite them that tak' a dreg,
  An' try tae fyle their name.

North frae Tintock,
  30th July, 1856.

EMBLEMS IN NATURE.

SWEET summer now has pass'd away,
    And all the lovely flow'rs decay
        In autumn's with'ring blast;
No fragrance now they'll lend the breeze,
Nor with their sweets attract the bees,
        For now their bloom is past.

The falling leaves, and fading flow'rs,
The rapid streams, and fleeting hours,
        All speak to man, and say—
Behold in us the emblems bright,
Of all on earth that gives delight—
        How soon they pass away.

When trees with scented blossoms hing,
And little birds in chorus sing
        Within their leafy bow'rs;
The warbling lark sings o'er her nest;
And all the fields are finely drest
        In robes of blooming flow'rs.

Then when the days are calm and clear,
Bright shadows in the lakes appear,
        Like magic worlds below;
Those fairy scenes beneath the waves,
Are all engulph'd in wat'ry graves,
        Soon as the wind does blow.

So youthful hopes and prospects clear
May pleasure give, but disappear
   Ere they can be embrac'd ;
Like sparkling meteors of the night,
They fly away in rapid flight,
   And can no more be trac'd.

The little limpid mountain stream,
Bright sparkling in the sunny-beam,
   Soon o'er the rocks is toss'd ;
Its foaming tide then hastes away,
A moment still it cannot stay,
   Till in the sea 'tis lost.

So joys of man fleet quickly by,
Fast as the clouds across the sky
   When raging tempests blow ;
His morning may be bright and clear,
But long ere ever night is near,
   He may have grief and woe.

The peaceful rainbow's lovely form,
In calm repose amidst the storm,
   Soon vanishes away ;
So youth and beauty do not last ;
But, like sweet flow'rs in autumn's blast,
   Soon wither and decay.

In ev'ry season of the year,
Bright emblems all around appear
   (If we would nature scan)
Of life, in ev'ry varied stage,
From tender infancy to age,
   And joys and griefs of man.

SONG.

THE first time that I Helen saw,
 Gaun skippin' owre the flow'ry green,
My heart was fairly stown awa'
 Wi' her twa bonnie sparklin' e'en.
  She is sae young, sae trig, an' braw,
   An', O! sic twa bewitchin' een;
  The like before I never saw,
   In ony place whaur I ha'e been.

My very heart lap tae my mou',
 I thocht I had a fairy seen,
Till ance I got anither view,
 An' saw her love-inspirin' een.
  She is, &c.

Her gracefu' form an' modest air
 Micht be an ootset tae a queen;
But beauty far ayont compare
 Is shinin' in her bonnie een.
  She is, &c.

Her hair hings doon in ringlets braw,
 Her cheeks, like roses at the e'en;
Her skin's as white as driven snaw,
 An', O! what heart-ensnarin' een.
  She is, &c.

Altho' she never shou'd be mine,
 May clouds o' grief ne'er intervene
Tae mar the sunshine o' her joys,
 Or dim wi' tears her sparklin' een.
  She is, &c.

MY BONNIE JEAN.

AT e'ening, when the sun gaes doon
    Ayont the whinny knowe,
I'll dauner owre the gowan lea,
An' thro' the rashie howe ;
I'll steal 'yont tae the auld thorn
That grows upon the green,
An' bide there till the stars blink oot,
Tae meet my bonnie Jean.

She is baith young an' han'some,
Nae pride has she ava',
An' tho' she's clad in hamespun claes,
She looks baith snod an' braw ;
She is sae kind an' modest,
Sae tidy an' sae clean,
That my young heart she's stown awa',
Yet guileless is my Jean.

For titles great, or warldly gear,
I carena ocht ava'—
The ane is but a soundin' win',
The ither flees awa' :
But gi'e me just a kindly heart,
A true an' lovin' frien' ;
It is far better than them a'—
An' I ha'e that in Jean.

Sweet nature, wi' a lib'ral han',
Has gi'en my Jeannie charms,
May fortune wi' a laughin' face,
Noo throw her in my arms.
Then a' my cares wad flee awa',
The same's they ne'er had been ;
I wad be happy an' content,
An' lo'e my bonnie Jean.

—◆◆◆—

THE BEAUTIES OF NIGHT.

WHEN day's last blink o' licht is gane,
  An' nicht's deep shades the rule ha'e ta'en,
      An' hidden nature's bloom,
Then bonnie is the rising moon,
An' a' the twinklin' stars aboon,
      That sparkle thro' the gloom.

How lovely, then, to look on high,
An' view upon the dark blue sky,
      The stars like diamonds bricht,
Where God ordain'd them a' a place,
Within the boundless fields o' space,
      An' bade them rule the nicht.

An' when a comet meets the eye,
Or meteors flit alang the sky,
      Or when the streamers clear,
In varied forms come flashing forth,
An' dance sae bonnie in the north,
      How lovely they appear.

How wondrous are the works of God,
In every place we look abroad,
      By nicht as weel as day;
The moon an' stars that shine sae bricht,
An' day's great orb o' heat an' licht,
      Alike His pow'r display.

Since God sustains such orbs so vast,
As He has done for ages past,
      As weel's the earth an' sea,
Why should I vex my mind wi' care,
Or o' His providence despair,
      Or doubt His love to me.

LOCH LOMOND.

IN summer, when sweet nature smiles,
 Around the waters blue,
Of Scotland's lake of many isles,
 How lovely is the view!

Upon her placid azure breast,
 Her island gems are spread;
While deep their shadows calmly rest,
 Within their wat'ry bed.

O, how magnificent the sight,
 How wildly grand the scene!
Hills, glens, and rocks, in shade and light,
 Still lake, and sky serene.

Here rugged grandeur is combin'd
   With beauty soft and fair,
In one vast scene so nice defin'd,
   That it could nothing spare.

Rich, waving woods, of varied green,
   Around on every side,
And fields in flow'ry robes are seen
   Reflected in the tide.

Stupendous mountains, capp'd with snow,
   Their heads fling to the sky ;
While sparkling waters down below,
   Steep'd in bright sunbeams lie.

And all around, streams, cool and clear,
   Rush from their mountain home,
O'er shelving rocks, in wild career,
   In one bright sheet of foam.

O, queen of lakes ! that mountains guard,
   And high above you frown,
Your beauty brings you sweet regard,
   Your grandeur great renown.

AUTUMN.

NOO autumn's come wi' with'rin' breeze,
　　An' strips the gowans aff the leas,
An' sends the swallows owre the seas,
　　　　Far, far awa';
While faded leaves frae aff the trees
　　　　In shoors doon fa'.

The wuds nae mair wi' music ring,
For ilka bird has ceas'd tae sing;
Nae laverock mounts on quiv'rin' wing
　　　　Its voice tae raise;
An' blichted flow'rs their heads dae hing,
　　　　On fields an' braes.

But tho' flow'rs fade frae aff the sod,
In autumn, if we look abroad,
We see aroond the gifts o' God
　　　　Tae sinfu' men,
In fields that's burden'd wi' their load
　　　　O' weel-filled grain.

What tho' wuds fade an' look forlorn,
Yet bonnie are the fields o' corn,
Like wavin' gowd; or, when they're shorn
　　　　An' in the stook,
It cheers ane's heart, at e'en or morn,
　　　　On them tae look.

An' noo, aft when the sun gaes doon,
We see the sonsy harvest moon
Rise, as if she was lookin' roon
　　　　That a' was richt;
Then slide alang 'mang stars aboon,
　　　　An' gi'e us licht.

An' tho' cauld cranreuch has begun
Tae glitter in the morning sun,
Yet, when the orb o' day has run
        Wast tae the sea,
Then lots o' youngsters meet for fun
        At kirn or spree.

The sportsman noo wi' richt guid will
Traverses aft baith moor an' hill,
An' tries wi' a' his savage skill,
        An' dog an' gun,
How mony harmless beasts he'll kill,
        An' counts it fun.

Man has a richt, when he's in need,
Alike on birds an' beasts tae feed ;
But when he kills them just thro' greed
        For sport or fame,
He then commits a cruel deed,
        An' is tae blame.

O' a' the seasons o' the year,
The ane the farmer lo'es maist dear
Is autumn, for she him does cheer ;
        An' lood he sings
When happin' up his corn an' bere,
        An' tattie bings.

We're wae when simmer gangs awa'
Wi' a' her flow'ry robes sae braw,
For tae ilk ane, baith big an' sma',
        She's unco dear ;
But she ne'er gi'es a hairst ava'
        While she is here.

But tho' blae autumn is mair rude,
An' whiles comes in a surly mood,
Yet she brings wi' her walth o' food
            Tae young an' auld,
That ilka ane may chew their cud
            Thro' winter cauld.

Cauld winter has his snaw an' sleet;
An' spring may boast o' music sweet;
In simmer beauty is complete
            On hill an' dale;
But autumn, for substantial meat,
            Aye bears the bell.

——•◦•——

TO THE COMET OF 1858.

MYSTERIOUS stranger! whence art thou?
      To where in such career?
You mock the wisdom of the wise,
   The timid fill with fear.

Perhaps from regions far remote
   For ages you have run
With lightning speed, that you might make
   A visit to the sun.

What mind can scan the bounds of space
   Which you have travell'd through,
Unseen by any mortal eye,
   Till now you've come in view?

How vast the universe must be,
  Where orbs unnumber'd float;
It far exceeds man's deepest search,
  Or farthest stretch of thought.

But He who form'd you at the first
  To run your rapid race,
Far off 'midst orbs of sparkling light,
  Can all your wand'rings trace.

And tho' your path thro' space unknown
  Accords with His wise plan,
Your substance and your course are both
  Alike unknown to man.

But this we know : your star-like form,
  And long and brilliant train,
Were made to answer some wise end,
  And were not made in vain.

But what thou art, and where thou go'st,
  To man is not reveal'd ;
So he may cease to try to solve
  What God has thus conceal'd.

But he may see in thy bright form
  God's mighty power display'd,
As in ten thousand other things
  That all around are spread.

The smallest insect in the air,
  Or flow'r that decks the sod,
Declare to man, as much as thou,
  The mighty pow'r of God.

JOHNNY'S APPEAL.

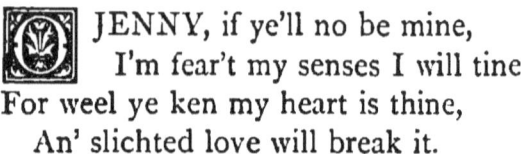 JENNY, if ye'll no be mine,
    I'm fear't my senses I will tine,
For weel ye ken my heart is thine,
    An' slichted love will break it.

An' if o' love an' grief I dee,
Then a' the fau't will lie on thee,
An' ye'll be blamed for killin' me,
    An' ne'er be mair respeckit.

Or, if deranged I rin awa',
Tae ither climes my girr tae ca'
'Mang burning wilds, or whaur the snaw
    An' frost has a' things blichted;

Then, night an' day, remorse and fear
Will haunt ye aye, an' gar appear
The ghost o' him wha lo'ed ye dear,
    An' his fond love ye slichted.

I aye had hope ye'd be my wife,
Tae share my weels, an' ills, an' strife,
An' a' the odds an' en's o' life,
    Till death us twa had pairted.

Then dinna rive your love frae me,
Tae drive me daft, or owre the sea;
O, dinna let puir Johnny dee,
    For Jenny, broken-hearted!

O Jenny dear, if ye but kent
The pain an' grief your word, No, sent
Ben tae my heart, ye wad relent,
   An' sae ye're aye my dearie.

Then ye wad save me frae despair,
An' gi'e me joy instead o' care,
An' in return, thro' foul an' fair,
   I'd try tae keep ye cheerie.

ADDITIONAL VERSES TO AULD LANGSYNE.

THO' fortune whiles has on us frown'd,
   We needna noo repine,
But tak' a dreg tae keep in min'
    The days o' langsyne,
      For auld langsyne, &c.

An' sin' we're met, my honour'd frien',
   Fresh wreaths o' love let's twine;
An' frien'ship's knot the firmer draw,
    For auld langsyne.
      For auld langsyne, &c.

Then clap your waukit loof, guid frien',
   In this hard nieve o' mine,
An' let us ha'e a hearty shake
    For auld langsyne.'
      For auld langsyne, &c.

OCTOBER.

THE bonnie simmer's fled awa'
　　Wi' sunny days, clear, warm, an' braw,
Cauld autumn's with'rin' winds noo blaw,
　　　　On a' aroond;
An' faded leaves fast, fast do fa'
　　　　Wi' rustlin' soond.

Baith fields an' wuds, an' hill an' dale,
Are wearied like, an' growin' pale,
The fading leaves noo tell their tale
　　　　Frae day tae day;
That a' things here on earth maun fail,
　　　　An' soon decay.

Few bonnie flow'rs can noo be seen,
Like sparklin' gems alang the green,
But faded leaves, an' forms between
　　　　O' life bereft;
That hardly tell what they ha'e been,
　　　　Are a' that's left.

Noo stibbles staun whaur stood the corn,
An' cranreuch cauld lies white at morn;
The wuds are silent an' forlorn;
　　　　Nae birdie sings,
Except wee robin in the thorn,
　　　　Wi' drooping wings.

Ilk burnie noo in floods rows doon,
Wi' foamin' waves an' roarin' soon',
Their drumly tide, deep, dark, an' broon,
　　　　Loups owre the linns;
An' in the pools gang whirlin' roon',
　　　　Then onwards rins.

Sae fleeting time in his career,
Whirls roon' the seasons o' the year,
Some cauld an' coorse, some warm an' clear,
    An' drest fu' braw;
But unco soon they disappear,
    Like melting snaw.

An' sae doon time's dark, troubled tide,
The bark o' man doth onwards glide;
In hopes an' fears, frae side tae side,
    He's aften cast;
Till in humility, or pride,
    He sinks at last.

But while he's here, be't foul or fair,
In walth, in want, in joy or care,
He does get naething but his share—
    What tae him's sent;
He shou'dna then seek ony mair,
    But be content.

Tho' in life's journey aft we meet
Wi' storms an' troubles, cauld an' heat,
An' whiles rough places for our feet,
    We likewise find,
Our sour gey aften mix'd wi' sweet,
    For God is kind.

UNDER A CLOUD.

UPON the mountain's rugged side,
    In wood, in glen, and meadows green,
And by the streamlet's wimplin' tide,
    There's many a flow'r that blooms unseen;
But tho' in solitude they bloom,
They shed around a sweet perfume.

Sweet emblems of a virtuous life,
   That in humility is spent,
Far from the world's ambitious strife
   In peaceful calm and sweet content ;
Tho' shadows dark have o'er them pass'd,
They still are lovely to the last.

So many a man of sense and worth,
   Of genius bright and honest heart,
And tho' perhaps of humble birth,
   Acts nobly on thro' life his part ;
Yet in obscurity has been
Like some sweet flow'r that blooms unseen.

And many a modest maiden fair,
   With sparkling eyes and blooming face,
Grows up 'midst hardships, toil, and care,
   With charms that well a queen might grace ;
And yet thro' life eclipsed has been,
Like some sweet flow'r that blooms unseen.

But where'er men or flowers are plac'd,
   Though in a solitary spot,
Kind Providence has seen it best,
   And has assign'd it for their lot ;
For in His love He plac'd them there,
And watches them with tender care.

But man, vain man, is oft too wise,
   And scoffs at things God has reveal'd,
While many a blessing in disguise
   He spurns, because it is conceal'd
In mystery dark, for wise intent,
To keep him humble and content.

TO A LITTLE BIRD.

SWEET bird, your nest is surely nigh,
 You so distress'd appear ;
Your loud and wailing plaintive cry
 Denotes your grief and fear.

My presence here makes you afraid,
 And agitates your breast ;
Lest I should on your young ones tread,
 Or rob your little nest.

Ah ! no, I do not mean you harm :
 Yet, if I do wait here,
'Twill keep you in a sore alarm,
 And aggravate your fear.

If I unconsciously intrude,
 Why should I then remain ?
And if I can't do any good,
 Then I should cause no pain.

No, no, I will not longer stay,
 To cause you so much grief ;
But will now haste me quick away,
 That you may get relief.

With what a kind, parental care,
 You watch your helpless brood ;
And toil all weathers, foul or fair,
 To gather for them food.

Sweet bird, you nobly act your part,
 And admiration claim ;
Your ceaseless love and tender heart
 Might many mortals shame.

BEN LOMOND.

WHERE nature decks with bush and brake
    The rugged hill and rocky glen,
There rises high beside the lake,
        Old grizzly Ben.

He, with a wild majestic pride,
Rears up his head far to the skies ;
While deep within the silv'ry tide
        His shadow lies.

But oft encircling mists conceal
His mighty head from all below,
"Till cloud-dispersing winds reveal
        His cap of snow.

194

When tempests sweep his rugged form,
Their wildest wrath he can sustain,
And looks down on the thunder storm
   With calm disdain.

Unchang'd, time's wasting hand he views
On all that's mortal take effect;
And year by year his youth renews,
   Amidst the wreck.

But tho' he time and storms defies,
And far out-tops the hills around,
Yet many a place that lower lies
   Is more renown'd.

So some poor men are known to fame,
For genius bright or sterling worth,
To which few nobles have a claim,
   Tho' high of birth.

— •••——

GLOAMIN'.

WHEN doon the wastern sky, the sun
  Has slidden oot o' sicht,
An' left red clouds tae fade awa'
 Amang the shades o' nicht.

The breeze then blaws itsel' awa',
 An' lakes an' leaves are still,
An' speelin' up amang the stars,
 The moon keeks owre the hill.

How pleasant then, when in the fields,
　　Or on the flowery brae,
Tae watch how calmly nature sinks
　　Tae rest, at close o' day.

The flowers noo fauld their beauties up,
　　Tae drink dew thro' nicht's gloom,
That when morn comes, they may spread oot
　　Refresh'd, mair bricht tae bloom.

An' nature's varied music sweet
　　Has ceas'd, except the din
O' the wee burnie's murm'rin' sang,
　　When loupin' owre the lin.

The bee's gane tae its bike tae sleep,
　　The warbler tae the tree,
The heather is the muirfowl's bed,
　　The laverock's is the lea.

A' roon' aboot in grassy fields,
　　Is heard the corncrake's cry ;
An' noo an then, the pleasant drone
　　O' bumclocks fleein' by.

How sweet to muse on nature's charms,
　　As seen in ilka spot,
That ha'e been a' sae sweetly sung
　　By Ramsay, Burns, an' Scott.

Then let me aye, when I ha'e time,
　　At morning, noon, or nicht,
Slip oot an' feed my greedy een
　　On sic a bonnie sicht.

———◦◦◦———

ON A BROKEN FLOWER.

SWEET flower, the wild and ruthless storm,
   Has crush'd your young and lovely form,
         And now you low do lie ;
No more you'll lift your drooping head,
Nor to the sun your beauties spread,
         But now must fade and die.

How lovely, tender, sweet, and young,
You newly into life had sprung,
         Attir'd in robes so gay ;
But hardly was your life begun
Until your race on earth was run,
         And now you fade away.

How gay at morn you did appear,
When crown'd with dewdrops sparkling clear,
         But now your bloom is o'er;
No more your fragrance round you'll spread,
For all your lustre now is fled,
         And will return no more.

Tho' few your days on earth have been,
And few your loveliness have seen,
         Yet this has been your lot ;
For all on earth have but their day,
And very soon must pass away,
         And soon will be forgot.

In youth, when health and vigour flow,
And beauty's in its fullest glow,
         Alas ! some serpent's breath,
Or some unseen and fatal dart,
May pierce the young and tender heart,
         And leave the seeds of death.

How often prospects bright and clear,
And pleasures, when we think them near,
         Fade and are seen no more ;
Like sparkling bubbles on the stream,
That break and vanish like a dream
         When once the night is o'er.

Life, like the dew at early day,
Tho' sparkling clear, soon fleets away,
         Quick as a rapid stream;
The longest period here for man
Is measur'd, and is but a span,
         Although it long may seem.

INFLUENCE.

IT isna pride, nor lofty state,
     Nor wealth that constitutes the great ;
Nor yet the title of the clan,
But sterling worth that mak's the man.

Yet mony a cuif gets pow'r an' fame,
An' muckle titles tae his name ;
Not for his worth, or laurels won,
But only he's some noble's son.

Too aften noo gowd's influence
Staun's in the place o' worth an' sense ;
For gilded rank is set on high,
While humble merit is pass'd by.

TO DUNOON CASTLE.

AH, noo in ruins lying low,
 Scarce seen aboon surroundin' earth,
Without a record for tae show
 Tae whom at first you owe your birth.

But yet you are weel kenn'd tae fame,
 For frae a very early age,
Your site, your character, an' name,
 Are clearly stamp'd on history's page.

But ruthless han's an' cauld negleck,
 Wi' tyrant time's corroding sway,
Ha'e torn your lofty tow'rs tae wreck,
 An' swept you maistly a' away.

How changèd noo frae what you've been,
 When stan'ing in your gaudy pride,
When Scotland's bonnie youthfu' queen
 Cam' tae ye twa-three days tae bide.

If your auld lords could come again,
 An' near your ruins stan' an gaze
Upon the bonnie fairy scene,
 Sprung up a' roon' ye since their days,

Nae doot they'd get a great surprise
 When sic braw villas met their eye,
But sure I am their wrath wad rise,
 Tae see ye in sic ruins lie.

When fortune smiles on big or sma',
  The warl' then lades them wi' respeck,
But when misfortunes on them fa',
  They're aften treated wi' negleck.

Sic was your fate, for ye ha'e seen
  Frien's rife, when ye were in repair,
But vandals mean, o' plunder keen,
  Ha'e pu'd ye doon an' spoil'd ye sair.

MARGARET.

(An Acrostic.)

MAY wreaths of love, and friendship true
  Around our hearts entwine ;
Refresh'd by sweet affection's stream,
Grow bright and always shine,
And tho' dark clouds of grief and care
Rise thick and us surround,
Ev'n sorrow's wildest storm wont break
The wreath which love hath bound.

NOBLENESS.

 MAN is naething but a man,
    Tho' tae himsel' he mair appears,
When he's possess'd o' gowd or lan',
    An' some big, lang-tail'd title wears.

But let wealth, rank, or empty pride,
    Tae screen defects try every plan,
An empty skull they canna hide,
    Or want o' sense in a vain man.

Some folk think siller mak's the man,
    But oh, wae's me! they're far mista'en,
The king o' men's an honest man,
    Altho' he is possess'd o' nane.

A man's a man when just an' true,
    Altho' he wears a ragged coat,
A noble that has equals few,
    Tho' in his pouch there's scarce a groat.

Then let the warld o' pounds an' pence
    Say what it may, wealth never can
Mak' him that's void o' worth an' sense
    Half equal tae an honest man.

A knave may think himsel' a man
    ('Tho' honour in his bosom withers),
When he lives in a style fu gran',
    But lives on what belangs to ithers.

The man that thinks he is a man,
    Whate'er his station, big or sma',
And doesna lo'e his brother man,
    Is really no a man ava'.

A KEEK AT INTEMPERANCE.

WHILE daunerin' on life's rugged road,
  An' glowerin' noo an' then abroad,
I ha'e seen sichts that werena braw,
And yet are sanctioned by the law.

I've seen gaun on in Briton's hall
The Devil's universal ball,
An' here, I may as weel relate
That it's encouraged by the State.

There sits Auld Clooty in a mask,
Stride-legs upon a liquor cask,
An' in the bunghole blaws his breath,
An' fills it wi' the seeds o' death.

While Selfishness supplies the drink,
Base Av'rice gathers in the clink,
An' Ruin stauns beside the cran,
An' deals it oot wi' lib'ral haun.

Great Mammon stauns in robes o' gowd,
An' laughs tae see the motley crowd
A' rushin, in wi' open mooth,
For fire tae quench their burning drooth.

When vile intemp'rance rule has ta'en,
An' stupid man's sma' sense is gane,
Then passions wild, withoot restraint,
In ilka wickedness gets vent.

Then what a scene, what horrid din,
What murders, robb'ries, fraud, an' sin,
What thousands soon around are spread,
A' ruin'd, dying, daft, or dead.

What social ties are snap't in twa,
What lots o' virtue flees awa',
What talents lost thro' mad negleck,
What noble minds gang a' tae wreck.

Intemp'rance, thou'rt to man a foe,
The source o' muckle sin an' woe;
In mis'ry's chain, the biggest link,
An' forg'd by Satan, o' strong drink.

If oor guid-hearted, noble Queen,
Cou'd only see what I ha'e seen,
She wad at ance withoot regret,
Deprive the monster o' his seat.

TO TOBACCO.

VILE, stinkin', hoast-provokin' weed,
    Ye're used for pleasure, or thro' greed;
But whae'er says o' thee they've need,
        Speaks lots o' stuff;
They maun ha'e little in their head
        Wha do thee puff.

Great lots o' laun' for thee is ta'en
Wad grow the very best o' grain,
That mony thousands wad maintain
   O' needfu' folk ;
Yet ye are worthless in the main—
   Except for smoke.

Ye're rais'd by some tae swell their gain,
Ye're us'd by some tae ease their pain,
An' ye're a poison, some maintain ;
   But what is more,
Some draw ye straucht up tae their brain
   Just wi' a snore.

When ye o' man ha'e ta'en the rule,
Ye mak' him (oh, the stupid fool)
Gey aften baith a slave an' snool
   Tae smoke or chaw
A weed, frae whilk an ass or mule
   Wad turn awa'.

Douce, temp'rate folks 'maist a' agree
That there are vast o' fools (like me),
Wha waste their siller buyin' thee
   Frae week tae week,
For naething yirthly they can see
   But raisin' reek.

Be that's it may, I just may tell,
I tak' a whiff or twa mysel',
Altho' ye raise a gey strong smell
   A' roon' aboot ye ;
But aiblin's I'd be just as weel
   In health withoot ye.

GOD SEEN THROUGH NATURE.

"And look through nature up to nature's God."—BRUCE.

HOW wonderful God's works appear
    In every season of the year;
When summer smiles, or winter frowns;
And in the spring when flowers are born,
Or autumn with her fruits and corn,
    When God the year so richly crowns
        With meat for all,
        Both large and small,
From His exhaustless treasure;
        And sends sweet flowers
        And sunny hours,
To give His creatures pleasure.

Then who would not delighted be
To look on flowering shrub and tree,
   When rich with blossoms hinging;
Or who would grudge to spend an hour
In bushy glen or leafy bower,
   To hear the warblers singing
       Their joyful lays
       Of artless praise,
To Him who doth their wants supply,
       And gives them food,
       Within the wood,
To feed their young ones when they cry.

But who can look on nature's face
And not in her rare beauties trace
   The hand of the Creator;
In trees and flowers that deck the plains,
In rugged hills and rocky glens,
   So grand in every feature;
       In bush and brake,
       Spring, stream, and lake;
In hoar-frost, dew, rain, hail, and snow,
       Birds, beasts, and all
       The insects small;
The rainbow, and tides' ebb and flow.

The power that guides the insect's flight,
Upholds the sparkling orbs of light,
   So lovely and stupendous;
Controls the tempests when they roar
And lash in fury wild the shore,
   With waves vast and tremendous;
       Stills the loud jar
       Of nature's war,

When growls the grumbling thunder,
    And lightning gleams
        In fiery streams,
And rends the clouds asunder.

Day's glorious orb that shines so bright,
The moon and twinkling stars of night,
    Each insect, plant, and flower ;
The comet hurrying o'er the sky,
And meteor bright that mocks the eye,
    Proclaim God's mighty power ;
        So, then, if man
        Would nature scan,
In oceans vast, earth, sky, or air,
        He then might trace
        In every place
The hand of God, for God is there.

LINES ON SEEING A MONUMENTAL STONE NEAR THE HEAD OF CRAIGNISH LOCH.

NEAR to a streamlet's rocky bed,
    Beneath a mountain bold and stern,
A rude stone pillar rears its head
        Beside a cairn.

Rude as when riven from the rock,
    No trace of art on it defin'd,
A high, uncouth, unshapely block,
        With head inclin'd.

Who first did raise it, and to whom,
    No certain light can now be cast,
But must lie buried in the gloom
        Of ages past.

But yet it stands in bold relief,
   Resisting time's rough rolling waves,
To mark where fell some noble chief,
    Or honour'd graves.

If it could speak, it now might tell
   That here, in ages long gone past,
Some clansmen met, and fought, and fell,
    And breathed their last.

Or some young, lovely, female form,
   When no kind hand to help was near,
Sunk down exhausted 'midst the storm,
    And perish'd here.

Or that some chieftain, long rever'd,
   Lies buried here, but long forgot,
And that his friends this pillar rear'd
    To mark the spot.

Ah ! rich and poor, men of renown,
   The mighty monarch and the slave
Will soon be all alike unknown—
    When in the grave.

NIGHT.

THE sun has sunk down in the west,
    Deep shadows now follow his train ;
Sweet nature is sinking to rest,
    And night is beginning to reign.

The moon, the fair queen of the night,
    Is climbing the arch of the sky,
Surrounded with clear orbs of light,
    That sparkle so lovely on high.

All nature is hush'd in repose,
    Its vigour and strength to renew,
While woodbine, and lily, and rose
    Are bathing their beauty in dew.

Amidst sable shades all around,
    The leaves are now noiselessly still,
The ear scarcely catches a sound,
    But the voice of the murmuring rill.

But 'midst this deep stillness serene,
    Rich beauty oft bursts on our sight,
When we view the wonderful scene
    Of sky, moon, and stars shining bright.

And sweet meditation can rise
    Delighted, and soar far away,
Beyond those bright orbs of the skies,
    To realms where it ever is day.

P

ALL THINGS CHANGE.

HOW lovely are the varied scenes
    That meet the wand'ring eyes,
Spread all around on sea and land,
    And on the starry skies ;
But oft they change or disappear—
There's nothing that's abiding here.

Thro' time the year succeeds the year,
    As well as day the night ;
The seasons come and pass away
    All in a rapid flight,
As rivers to the sea do run,
And planets whirl around the sun.

I ve seen upon a gloomy cloud,
    In colours bright and gay,
A rainbow, but its lovely form
    Soon vanished quite away,
The same as it had never been—
And left a sad blank in the scene.

I've seen sweet flowers in beauty bright
    Spread to the morning sun,
But broken, faded, and laid low,
    Before his race was run ;
For the wild storm in howling wrath
Spread desolation in its path.

I've seen in lovely lights and shades,
    Within the placid deep,
The shadows of surrounding scenes
    As if they were asleep,
Secure, within their wat'ry bed—
The wind arose, and quick they fled.

And I have seen the morning sun
  In splendour bright arise,
And shed abroad his sparkling beams
  While journeying up the skies ;
But long ere he had sunk to rest,
He was in gloomy sackcloth drest.

Such changes come in human life,
  As seen in every stage—
There's youth and beauty, health and bloom ;
  There's sorrow and old age ;
The joyful laugh, the sigh, the tear—
There's nothing that's abiding here.

———•◦•———

MEMORY.

FOND memory, like a mirror bright,
  Reflects sweet scenes of other years,
Clear as the sunlight which is past,
  Back on the orb of night appears.

Yes, memory oft brings back to view
  Youth's pleasant scenes, long, long gone past;
But their delights it can't renew,
  Nor give us pleasure that will last.

The moon, tho' clad in borrow'd beams,
  And shrouded with the clouds of night,
At times bursts thro' the dreary gloom,
  And gives the weary wand'rer light.

So memory, like the silv'ry moon,
   Dispels the gloom of many years;
And fills the heart at times with joy,
   At other times the eyes with tears.

Yes, when fond memory lifts the veil
   That time round youth's sweet years has cast,
The careworn heart leaps back with joy,
   Out of the present to the past.

The heart still clings with miser grasp
   To those sweet scenes so fresh and fair,
Where storms of sorrow were unknown,
   And it was free from grief or care.

The cheerful summer's setting sun
   Throws up his beams in splendour gay,
Which tinge with gold the fleeting clouds,
   But very soon they fade away.

So youth's sweet joys are like a stream
   That hurries quickly to the main,
And sparkles clear in passing by,
   But never more returns again.

Yes, youth's sweet joys soon fleet away,
   And only in the distance seem
To linger, like the sun's last ray,
   In memory as a fairy dream.

BE CONTENT.

BE content wi' your lot,
　　Be't in tent or in cot,
Whatever yer country or station ;
　　Where'er ye are plac'd,
　　It maun be for the best,
Then tae grumble ye've little occasion.

　　Dinna quarrel wi' yer fate,
　　Or ye're sure tae be beat,
For mighty is He that has sent it ;
　　If ye spurn at His will,
　　It will be for yer ill,
An' ye may ha'e cause tae repent it.

　　Tho' ye canna get wine,
　　Or on luxuries dine,
And scarce e'er get dainties ye're keen o',
　　If ye've parritch an' bread
　　An' milk what ye need,
Ye ha'ena great deal tae complain o'.

　　Never envy the great,
　　In their pomp an' their state,
Wi' their lang-tailed titles an' breedin' ;
　　They maun live up tae rules,
　　An' are aften like fules,
An' really are scarce worth the heedin'.

　　But if ye ha'e guid health,
　　It's far better than wealth,
For siller's the root o' a' evil ;
　　An' it's weel enough kent,
　　When ill got or ill spent,
It's a curse, an' drives lots tae the deevil.

Then, whatever's yer share
O' life's meat, wark, or care,
Be thankfu' tae Him that has sent it;
   An' altho' that yer coat
   Is whiles scarce worth a groat,
'Twill fit ye, if ye are contentit.

———◦◦◦———

AIRDRIE AT ELEVEN O'CLOCK P.M.

AT nicht, if ye wad dauner roon',
   An hour frae twal, thro' Airdrie toon,
      Then ye wad hear wild roars
Arise frae 'mang the motley crew
Gaun staggerin' hame, a' daz'd an' fu',
      When Forbes steeks the doors.

Some quarrelling here, an' swearing rough,
An' there some coupit in the sheugh,
      An' lying quite content;
An' aiblins, if ye onward pass,
Ye'll here an' there see lad an' lass
      On matrimony bent.

An', when some corner ye turn roon',
Ye'll maybe meet some wench or loon
      Firm in the police clutches,
For quietly takin' just the len'
O' something that was not their ain,
      Or cleaning oot some pouches.

But I maun stop, an' say nae mair,
Or else ye'll think that I'm owre sair
      In gi'en this description
O' Airdrie; as if ilka vice
Was unco rife, at little price,
      Or rais'd in't by subscription.

———◦◦◦———

TRUE GREATNESS.

RUE greatness is to throw aside
   All selfishness and empty show,
And with an honest, noble pride,
   Do acts of kindness to a foe.

It stands 'gainst tyrants in the cause
   Of wrong'd humanity by might;
And, with a patriot spirit, draws
   The sword, for to defend the right.

But scorns all mean and servile slaves
   Who cringe for favour, power, or place,
And stamps as base such selfish knaves,
   As blots upon the human race.

It spurns away with real contempt,
   The bribes of wealth and threats of power,
That try from rectitude to tempt,
   And virtue into vice allure.

It stands to truth, and does not change,
   Tho' it a heavy loss may prove,
For wrongs receiv'd has no revenge,
   And pays back hatred with love.

It looks on pomp and empty show
   As meanness, and the want of sense;
That shows the intellect is low,
   And all its merit pounds and pence.

But loves the poor man for his worth,
   The rich man for his lowly mind;
Can see no diff'rence in men's birth,
   And has a love for all mankind.

FAREWEEL ADDRESS TO THE SWALLOW.

FAREWEEL, sweet bird o' supple wing,
   I see ye're on the road,
Awa' tae meet the cheerfu' spring
   In some place far abroad,
Whaur Nature's in perpetual bloom,
An' sunbeams kep back winter's gloom.

I'm wae tae see ye gaun awa',
   For aye, when ye are here,
The bonnie flowers bloom unco braw,
   An' days are warm an' clear;
While Nature's chor'sters cheer the heart,
An' 'mang them ye act weel your part.

Ye skim alang the auld dyke backs
   When ye are chasin' flees,
An' whiles jink roon' aboot the stacks,
   Or through below the trees;
Aye glib amang the bizzie bum,
An' whiles sit twitterin' on the lum.

But best o' frien's maun pairt at times,
   An' sae maun you an' me,
For ye are bent for ither climes,
   Awa' ayont the sea ;
An' lang your absence I will mourn,
But hope neist year ye will return.

Come back when storms gang tae their rest,
   An growlin' winter's fled,
An' big again your cosie nest
   Up in oor auld cart shed;
There's walth o' room upon the bauks,
An' ye'll be hidden frae the hawks.

An' if I'm weel, I'se no be slack,
   As lang's I hae a rung,
Tae cudgel weel oot owre the back
   Them that wad fash your young,
Until they ha'e baith wings an' tails,
An' can shift brawlie for themsel's.

———◦◇◦———

BEAUTY IN UNIVERSAL NATURE.

GOD'S works are beautifully grand
   Where'er we cast our eyes,
On mountains, rivers, sea, or land,
   Or on the starry skies.

In every season of the year,
   By day, as well as night,
They in magnificence appear,
   All lovely to our sight.

There's beauty in the rugged hills,
  And in the rocky glens,
In woods, and lakes, and murmuring rills,
  And in the flow'ry plains.

There's beauty in the foaming deep,
  When howling tempests roar,
Or when at rest, while tempests sleep,
  It ripples on the shore.

And lovely is the orb of day,
  That wondrous source of light,
The moon and all the rich array
  Of sparkling stars at night.

There's beauty in spring's cheerful morn,
  In summer's flow'ry forms,
In autumn's golden load of corn,
  And in wild winter's storms.

Yes, even when wild winter reigns,
  And cleads the hills with snow,
And binds the streams with icy chains,
  Which makes them cease to flow.

And when sweet nature prostrate lies
  In every place around,
Amidst the wrecks that meet our eyes,
  Still, beauty doth abound.

The poet's eye sees beauty wild
  In every angry storm,
As well as, in its aspect mild,
  In flowers of every form.

A FRIENDLY ADDRESS TO ARCHIE.

(A FORMER PROPRIETOR OF THE "AIRDRIE ADVERTISER.")

MAN, Archie, ye are sair tae blame,
    Ye'll stain the *Advertiser's* fame,
And bring a slur upon its name,
        Tho' it's noo cheaper;
For really it's a doonricht shame
        Tae use sic paper.

The thing will never dae ava',
Tae print on paper made o' straw,
Sae frail, that, if ye gie't a blaw,
        Or yet twa shakes,
The rotten dirt just fa's in twa,
        Or cracks an' breaks.

Can ye no dae like ither folk,
Get paper that will stan' a shock,
An' no yer constant readers mock
        Wi' trash sae silly?
But if ye mean't just for a joke,
        Ye are a billy.

Be that's it may, I just may tell,
An' ye ken weel enough yersel',
That ye print papers for tae sell,—
        That's a' ye're heedin';
But buyers wad like just as weel
        They'd stan' a readin'.

Mind folk are noo grown unco nice,
Sae Archie, frien', tak' my advice,
An' get guid paper, if ye're wise—
        Ye muckle need it;
An' tho' ye pay a bigger price,
        Ye manna heed it.

For ilka ane in your position,
Ev'n tho' sair fash'd wi' opposition,
Should hae a kind o' grand ambition
          For fair an' square,
An' no aye dabble at addition,
          An' naething mair.

———◦◦◦———

THE AULD SESSION HOUSE.

I'LL no gang in a lang digression
     Aboot this hoose, built for the session
          Tae haud an antrin meetin';
When lasses for an odd transgression,
Afore them made a forc'd confession,
          Wi' lang face ha'flins greetin.

Since e'er it was at first ereckit,
It has, by some, been weel respeckit,
          An' ithers it has frichted;
When they oot owre some dyke had loupit,
An' in some dirty dub had coupit,
          An' in't had tae be dichted.

Nae doot it's noo grown auld an' hoary,
But has heard mony a gey queer story,
          That it will never tell;
Sae heaps o' stories that we hear,
We shou'dna tell, tho' ithers speer,
          But keep them tae oursel'.

If bodies wad dae aye what's richt,
They needna be in ony fricht
          That they will get abuse;
They'll no get shame, nor yet disgrace,
Altho' their meetin's whiles tak' place
          In the auld session hoose.

———◦◦◦———

THE HOLE IN THE WA'.

WHILE splashing alang on the rough road o' life,
    Amidst this warl's pleasures, its cares, an' its strife,
We see heaps o' things, that are no unco braw,
If we tak' a keek, thro' a hole in the wa'.

When we cast our een tae affairs o' the state,
We see that its posts are aft gi'en tae the great,
An' pensions tae them wha ha'e nae need ava',
While merit's shov'd by, as is seen thro' the wa'.

The warl' thinks that puir folk ha'e ne'er muckle sense,
That wisdom gangs aye wi' pounds, shillings, an' pence ;
But gey aft the wealthy, the proud, an' the braw,
Are mighty big cuifs, when they're seen thro' the wa'.

As lang's we ha'e plenty, then plenty pretend
That they like us dearly, an' will us befriend,
But when straits come on us, they a' slide awa',
We see but their backs, when we look thro' the wa'.

We see some hing on a lang sanctified face,
An' visit the sick, pray, an' say a lang grace,
But break wi' the fu' han', an' pay nocht ava'—
Religion's their cloak, when ye see't thro' the wa'.

Then ithers pretend great regard for the poor,
But ne'er sair a beggar that comes tae their door,
Wha grind down their workers, an' try tae grab a'—
Their charity's hameward, when seen thro' the wa'.

When puir folk meet nobles, an' lords o' the lan',
Wha gi'e them a nod, an' a shake o' the han',
An' then mak aboot them a mighty fraca—
It's for their ain ends, if ye look thro' the wa'.

Gey aft foolish blockheads wi' blockheads cast oot,
Tho' whiles at a loss for tae ken what aboot,
An' when at a process they ha'e a bit draw,
The gainer's a loser, when seen thro' the wa'.

We see lot's weel pay'd for tae watch thieves at nicht,
But, when they're maist wanted, are aft oot o' sicht;
But really the framewark, an' stoops o' the law,
Are a' alike rotten, when seen thro' the wa'.

We see mony braw, gaucy, modest-like wives,
Pretend that they lo'e their liege lords as their lives;
But when they are absent, their conduct's no braw,
They've ithers they like, if ye look thro' the wa'.

An' mony braw lasses, that ye wad think douce,
When they are afore folk, are mim as a moose;
But when oot o' sicht, they ha'e nae shame ava'—
Their modesty's fled, if ye look thro' the wa'.

An' mony a father, an' husband's tae blame
For stayin' oot late, frae their wives, weans, an' hame,
Wha say press o' business aye keeps them awa',
While it is debauch, if ye look thro' the wa'.

But we see our neebours, an' ne'er see oursel',
Their fau'ts an' their failings we're ready tae tell,
Tho' aiblins oor ain blots are black as a craw,
If we saw them richt, thro' the hole in the wa'.

In ilk thing in nature, we beauty can trace,
But see something queer in the hale human race,
They look aye far better a guid piece awa',
Than when near at han', thro' a hole in the wa'.

BROTHERHOOD.

IF men to men would brothers be,
   As God designed them when created,
The rich man then would gain respect,
   The poor man would not then be hated ;
But all the world would be in peace,
And love and friendship would increase.

But while mean av'rice bears the rule
   O'er men, their minds will be corrupted
With selfishness, that mighty bar
   Where friendship's tide is interrupted ;
For vile ambition, greed or pride,
The bonds of brotherhood divide.

Why let vain, empty, pompous pride
   Make us despise a fellow creature?
Or why let selfishness destroy
   The finer feelings of our nature ?
Or mammon, sympathy control,
And freeze benev'lence in the soul.

Oh, never let us speak a word,
   To wound the feelings of another ;
And never let us do a deed,
   That would give pain unto a brother ;
But let our words and actions prove
Our faith, our charity, and love.

TO DAVID MORRISON.

DAVIE, dinna sing my praise
  Sae lood on Calder's bonnie braes,
Or echoes wild, I'm fear't ye'll raise,
   As lood as thunner,
An' gar the bodies at me gaze,
   As at a wonner.

They'd laugh at me, o' humble lot,
Whase pouches scarce e'er held a groat,
An' aften wears a ragged coat,
   Far frae genteel—
Up poesy's height (sweet, lovely spot),
   Attempt tae speel.

Nae doot I aften try tae speel
Parnassus' hill, but then I feel
That I'm noo far owre auld a chiel'
   For sicna fash ;
An' then my head begins tae reel,
   An' doon I clash.

But, if I was as gleg as you,
I'd twine mysel' up, like a screw,
Richt tae the tap, an' tak' a view
   O' a' aroon',
Then tell the warld o' something new,
   When I cam' doon.

But tho' I'm auld an' scant o' gear,
I'm aye fu' happy a' the year,
When simmer smiles, and flow'rs appear
   In colours braw,
An' 'mang wild winter's storms severe,
   I hum awa'.

At some bit verse tae keep me cheerie,
'Mang sunshine or when days are drearie,
It keeps ane that they dinna wearie,
    In foul or fair,
An' gars time whirl roon' like a peerie,
    An' drives aff care.

I canna noo, guid frien', dae less
Than thank ye for your kind address,
An' if we ever meet, I guess,
    I'll be fu' fain
Tae get your waukit loof tae press,
    Firm in my ain.

MY AULD FRIEN'.

COME clap yer waukit loof guid frien',
    In this hard nieve o' mine,
An' I will gi'e't a hearty shake,
    For days o' auld langsyne.

Ye're aye the same, ye alter nane,
    Ye're honest, leal an' true,
Sic sterling worth is ill tae fin'
    Amang the bodies noo.

For times are altered unco sair,
    Sin' you an' me ha'e min',
Folk are no hauf sae frien'ly noo,
    As what they were langsyne.

Q

For lots wha mak' a great fraca,
　　An' frien'ship dae pretend,
Aft care aboot ye nocht ava',
　　But for some selfish end.

An' noo a days, the honest man
　　Is treated wi' neglect ;
While he that cheats his neibours maist,
　　Aye gains the mair respect.

Ye'll min' when we were callan's baith,
　　It rais'd an unco crack,
When ony chiel' gaed aff the straught,
　　Or ony body brack.

But folk were far mair sterling then,
　　An' honest were wi' ither,
But noo they think it nae disgrace
　　Tae cheat their very mither.

Ev'n some hing on a saunt-like face,
　　An' aften sigh an' pray,
Yet fleece folk like a' ither rogues,
　　That never like fair play.

Nae wonner then folk gang agley,
　　When greed's the ruling passion,
For ilk ane does as ithers dae,
　　Because it is the fashion.

But gi'e's yer han' my worthy frien',
　　We ither days ha'e seen,
Guid plain substantial honesty
　　Is best, an' aye has been.

DISCONTENTMENT;

OR, WARL'S CARES.

WARL'S griefs an' cares are unco rife,
    An' warple roond a body's life,
An' aften raise an' unco strife
      'Tween hope an' fear;
An' when they are gleg as a knife,
      They're ill tae bear.

But some auld farrant chap has said,
That cares by discontent are bred,
For when ambition lifts its head,
      To be our guide;
Then maist o' a' life's wants are made
      By greed or pride.

There's lots o' folk wha are intent
Tae grasp far mair than tae them's sent,
But tho' they cou'd get cent. per cent.
      Aboon their share,
They wadna then be half content,
      But wad ha'e mair.

Pride aften gangs tae sic excess,
'Mang folk for ornaments and dress,
That aft it gi'es them great distress,
      Forbye expense;
But it aye clearly does express,
      Their want o' sense.

The puir complain for want o' bread,
The rich, when they ha'e little need;
An' pingin' misers just thro' greed,
      The hale year roon';
But poets only when their reed
      Gangs oot o' tune.

If wi' their lot, folk were content,
An' thankfu' aye, for what is sent,
An' no on pride's vain show be bent,
          An' war'ly gain ;
Few cares they wad ha'e tae lament,
          Scarce ane for ten.

THE BEST MEN FOR SODGERS.

OUR rulers noo cry oot for men
          Tae gang tae India tae be slain,
          By climate or Hindoo ;
An' promise honour, glory, fame,
Tae them wha leave their peacefu' hame,
          Tae serve a selfish few.

But honest men should ha'e mair sense
Than leave their hames for sic pretence,
          An' just look at the past ;
The sodger's honour, glory, fame,
When he is shatter'd, blin', an' lame,
          Is poverty at last.

If stupid rulers bring on war,
Then loopy lawyers are by far
          The best men tae enlist,
For strife an' plunder is their trade,
An' tho' they were a' maim'd or dead,
          They wadna sair be miss'd.

But honest men should mind their wark—
It's it that gie's them breeks an' sark,—
          An' wives an' weans maintain,
An' let sic idle worthless crew,
Gang oot an' fecht the black Hindoo,
          An' ne'er come back again.

THE ORBS OF NIGHT.

HOW wondrous are the orbs of night,
   That nightly shine on high,
All sparkling clear, like diamonds bright,
      Upon the sky.

On heaven's blue arch, spread all abroad,
   Like gems both great and small,
Directed and upheld by God,
      Who made them all.

Unnumber'd worlds that run their race,
   In depths of space profound,
Where mortal eyes can never trace
      Their utmost bound.

Yet when deep shades hide nature's bloom,
   When night is dark and drear,
They burst in beauty through the gloom,
      Our hearts to cheer.

Then let us upwards cast our eyes
   And view them with delight,
For God has plac'd them in the skies,
      To rule the night.

ON GEOLOGY.

HOW dare some men to doubt God's Word,
    The record He hath giv'n,
That in six days, He made the earth,
    The sea and hosts of Heav'n?

Yet there are men, who do maintain
    That by some process slow,
The earth took ages vast to form,
    Which they pretend to show.

Such men do limit God's great power,
    To their own fancied rules;
But, trying to be over-wise,
    They make themselves but fools.

For let them search earth's caverns deep,
    Or scan the orbs on high,
No witness anywhere they'll find,
    To give God's Word the lie.

God could have made the universe,
    For aught that now appears,
As well in six brief days of time,
    As in ten million years.

I LO'E MY JOCK.

I LO'E my Jock, an' Jock lo'es me,
    For on life's road we equal draw,
An' help ilk ither up the brae,
    When hardship's blasts against us blaw.

I LO'E MY JOCK.

Nae doot we've ha'en oor ain adae,
    Sin' I was his an' he was mine,
Yet in contentment's peacefu' bowers,
    We aye affection's wreath dae twine.

The lowe o' love burns yet as bricht,
    (Tho' therty years ha'e flown awa'),
As when first kindled in oor breasts,
    An' we were made but ane o' twa.

An' tho' we dine on humble fare,
    While we are spar'd an' ha'e oor health,
We'll be content, an' seek nae mair;
    True love is better far than wealth.

What signifies great stores o' gowd,
    When it is mix'd wi' grief an' care,
.Or gaudy show 'midst gilded ha's,
    If peace an' comfort arena there.

A lowly cot wi' peace within,
    Where man an' wife in love agree,
Has far mair charms than gilded ha's,
    Or aught else that the warl' can gi'e.

Then I will ne'er envy the great,
    Altho' their wealth be e'er sae rife,
Their pleasures are no half sae sweet
    As what's enjoy'd in humble life.

Sae I'll lo'e Jock, my ain auld man,
    An' tae the very day I dee,
I'll mak' him happy if I can,
    An' Jock will dae the same to me.

LOVE.

GUIDECH! love is a gey queer sensation,
    An' raises a wonnerfu' row ;
It puts ane a' hildegaleerie
    When ance it breaks oot in a lowe.

I ance thocht it was a weak passion,
    Just nonsense—a puir silly dream,—
But noo, when it has catch'd me fairly,
    I think that it's stronger than steam.

I ne'er had a guess o' the pith o't
    Till ae nicht I was wi' a frien',
An' saw a big, braw, strappin' hizzie,
    Wi' twa laughin', dazzlin', blue een.

I ne'er was sae muckle dumfouner'd,
    For love, aye as gleg as a knife,
Ran in tae my heart like a tarrie,
    An' threatens tae trail oot my life.

My head has gane a' tapsalteerie,
    My mind is sair rackit wi' care ;
For in't there's a great collyshangy
    Gaun on atween hope and despair.

I canna get sleep in the nicht for't,
    But tumble and row in a fyke ;
It ne'er gi'es me peace in the daytime,
    It follows me gang whaur I like.

But I'm gaun tae try tae get quat o't,
   For this fash will no dae ava';
I think I've fund oot a new process,
   That aiblins will fricht it awa'.

The cure that I'm ettlin tae try for't
   Is no dear, an' gey easy ta'en:
I'll tak' a big drink o' cauld water,
   An sit a lang while on a stane.

THE ABSENT MUSE.

MY donnart muse has noo gane gyte,
   An's left me fairly, just thro' spite,
For no ae word she will indite,
     Sae I suppose
That aught noo that I ha'e tae write,
     Maun be in prose.

My verses ne'er were unco guid,
But tho' no fine they werena' rude,
An' I did aye as weel's I cou'd,
     But yet for a',
The jade has ta'en a surly mood,
     An' gane awa'.

But let her gang tae Banff or Coulter,
Or e'en to Fife, it doesna matter,
I winna fash my head aboot her,
     A single bit,
I did fu' weel langsyne without her,
     An' can dae yet.

THE LOVER'S ADDRESS.

COME, Aggie, fling dull care awa'
   An' cheer up noo that heart o' thine,
For sune we'll be made ane o' twa,
   An' I'll be yours, an' ye'll be mine.

For winter win's ha'e ceas'd their din,
   An' spring comes skippin' owre the lea,
The lambs are dancing on Drumfin,
   An' birds are blythe as blythe can be.

Sae 'mang the warblers big and sma',
   Wi' joyfu' hearts let's lilt and sing
That gloomy winter is awa',
   An' noo has come sweet smiling spring.

Tho' sordid misers lo'e their cash,
   Their pleasure maun be unco sma'
Compar'd wi' a' their fear an' fash,
   Lest thieves should come an' steal't awa'.

But youthfu' lovers pleasure feel,
   When honestly each acts their part,
For real affection nane can steal,
   When love has souther'd heart tae heart.

Then clap, dear lass, yer loof in mine,
   An' say ye'll aye be true tae me,
For weel ye ken my heart is thine,
   An' will be tae the day I dee.

TO BOTHWELL CASTLE.

OLD, hoary, ivy-mantled pile, whose walls,
    Firm as a rock, defy time's wasting hand,
Tho' now denuded of thy gilded halls,
    A noble relic of past years you stand.

From time far distant in the gloomy past,
    Unknown to man, you on that bank have stood,
Resisting the rude tempest's wildest blast,
    Dipping your shadow in the crystal flood.

Oh what rude grandeur and what haughty pride
    You've seen displayed all round you in your day
When your bold barons revel'd by the Clyde,
    But, like its flood, they all have pass'd away.

Yes, they are gone, and your firm walls decay,
    A striking emblem of all human power ;
Tho' it seems strong, it may not last a day,
    Or, like the rainbow, vanish in an hour.

But lovely nature, still in youthful bloom,
  Smiles yet beside thee on the banks of Clyde,
And waves in rich luxuriance round the tomb
  Of faded grandeur and of humbled pride.

Yet still in ancient pride you lift your head,
  Tho' but the shadow of what you have been,
And though your grandeur is for ever fled,
  Your shatter'd form's a beauty in the scene.

———◦◦◦———

ON THE FALKIRK BURGHS ELECTION, 1857.

(WHEN MR. MERRY, CARNBROE, WAS ELECTED OVER
MR. BAIRD OF GARTSHERRIE.)

AH ! humbled Tories, sair I fear,
    That mony a muckle sonsy tear,
Doon by your nose in wild career
        Will noo be toss'd ;
Since a' your influence, your gear,
        Its charm has lost.

Nae doot your grief will be intense,
Tae think that ye've been sic expense,
Tae get up votes on false pretence,
        Tae cheat the law ;
An' noo tae think thro' common sense,
        You've lost it a'.

Bricht sovereigns noo may hide their head,
Since honour's ta'en the place o' greed,
The Tory cause is doon, 'maist dead,
        An' *baird* less lies ;
Tae its lang hame we wish it speed,
        Nae mair tae rise.

———◦◦◦———

TO JOSEPH FINDLAY.

HO' noo the wee birdies are singin' fu' sweet,
An' snawdraps are springin', I'm maist like tae greet,
Tae think hoo my hearty bit bairns ane an a',
Ha'e lost a guid neibour, when Joseph's awa'.

For Joe is a guid natur'd hearty auld cock,
Aye keen o' a sang, a bit reel, or a joke,
Obligin' an' handy, an' no feart for snaw,
Sae he'll be miss'd sairly when he is awa'.

When he bade a while wi' us up at Hillen',
Alang wi' John Angus oor trusty guid frien',
He keepit us cheerie, an' raised ghosts an' a',
But ghosts will be still noo, when Joseph's awa'.

Oh, foul fa' the wretch, that wad nae wish him weel,
For he is a kind-hearted, canty, auld chiel';
For my pairt if ever I meet the old boy,
I'll gi'e him my haun, wi' a guid ship a-hoy.

ANOTHER TO THE SAME.

(A FRAGMENT.)

AN' likewise that I wish him weel,
    For he's an honest, hearty chiel',
An' fearsna witches, ghost, or deil,
In ony auld, dark, haunted biggin' ;
An wad far sooner laugh than squeal,
Tae see them dancin' on its riggin'.

Lang may ye be fit for your wark,
An' aye ha'e meat, shoon, breeks, an' sark ;
An' in yer chimley a bit spark
        Tae keep ye warm ;
An' never wander in the dark,
        Nor meet wi' harm.

REFORM.

 HEAR that monster freedom's foe,
　　Base Toryism, crying,
That it has got a fearfu' blow,
　　An' thinks itsel' a-dying.

For Johnny Bricht, wi' patriot micht,
　　Has roond it fetters locked,
An' wi' fair justice, manhood's richt,
　　He has it maistly choked.

But yet its Heralds soond its praise,
　　An' every scheme are trying,
Tae lengthen oot the tyrant's days,
　　A' puir men's richts denying.

Sic touting doctors canna save
　　A thing sae foul an' tainted,
For soon 'twill fill a traitor's grave,
　　An' winna be lamented.

Then merit will not meet wi' scorn,
　　Or worth be unrewarded ;
Men will be noble, tho' low-born,
　　An' rank be disregarded.

For sense maun tak' the place o' pride,
　　An' walth a lower station,
When honesty flings fraud aside,
　　An' virtue guides oor nation.

The rich will not the puir then slicht,
　　Just for the very reason,
That richt will stan' its ain 'gainst micht,
　　An' nane daur ca' it treason.

ADDRESS TO THE BRITISH.

(WRITTEN DURING THE CRIMEAN WAR.)

BRAVE Britons stand forth 'gainst the hordes of the
  North,
 And for justice and freedom contend.
In the cause that is right ye boldly will fight,
 And the weak from oppression defend.

With France by your side, keep a watch on the tide,
 And the bark that's in danger protect,
Till the base northern Czar, that great man of war,
 Be stranded and shatter'd to wreck.

May peace, gentle star, chase the dark cloud of war,
 And when tyrants are sunk in the grave,
Let a laurel be spread over those that have bled,
 And let justice be done to the brave.

May war ever cease, and true friendship increase,
 Then all nations alike will agree
To join in the mart of industry and art,
 And all slaves from their bondage set free.

———⋄———

THE HYPOCRITE TYRANT.

(WRITTEN DURING THE CRIMEAN WAR).

THE hypocrite tyrant has come from the North,
 And with bold face the rogue does pretend,
That the only cause of his now coming forth,
 Is the rights of the Church to defend.

But in truth, it's ambition is the real cause,
 Although under religion he'd lurk ;
He cares not for justice, religion nor laws,
 Could he murder and plunder the Turk.

The crafty old rascal will find to his cost,
    That the Turk has more friends now than he,
And his conquests by vill'ny soon will be lost,
    And his power both on land and on sea.

Our brave hardy sons to the war have gone forth,
    And their allies the French by their side,
Determin'd to hunt the Great Bear to the North,
    And in some snowy den make him hide.

His slaves and his strongholds, they'll crush to the earth,
    His ships they'll sink, capture, or burn,
And show the Great Robber, proud of his high birth,
    They can give him Sinope in his turn.

Success to the armies of Britain and France,
    And their navies—the pride of the sea—
May their goodwill and friendship ever advance,
    May they always be just, brave, and free.

May they join hand and hand the weak to protect,
    And their aid in a good cause aye lend,
And teach all proud tyrants good laws to respect,
    And the rights of the just to defend.

May liberty, justice, and truth be wide spread,
    Let honour be given to the brave,
A tear of grief shed for the wounded and dead,
    And let freedom be given to the slave.

THE DREADED INVASION.

YE British rulers, be aware
    O' despots' fair pretensions,
O' friendship, for 'tis but a mask
    Tae hide their base intentions.

Trust not to despots, whase deep plots,
    An' councils are sae hidden,
Whase slaves dare neither speak nor act,
    But only as they're bidden.

Sae let nae perjur'd despot e'er
    Deceive ye wi' pretences,
But strengthen weel your wooden wa's,
    An' a' your coast defences.

An' work awa' till ye're prepar'd
    At ilka port an' station,
Tae gi'e them mair than they wad like,
    Whaever tries invasion.

An' let true Britons, ane an' a',
    O' every rank an' station,
Unite in ae big fearless ban',
    For tae defend the nation.

An' watch a' roon' your rugged coast,
    That if foes come ye'll see them,
An' if they ever dare to lan',
    A warm reception gi'e them.

R

Just let them ken that British soil
    Is no a place for tyrants,
Nor yet for downtrod servile slaves,
    Nor world-wide power aspirants.

No, Britain's sons are brave and free,
    Fu' o' determination ;
If despots think them to enslave,
    They've tint their calculation.

They winna cringe tae despot power,
    Nor yet be in submission,
But will work on as they have done,
    An' ne'er ask their permission.

Sae if they come wi' hosts o' slaves,
    O' sodgers, ships, an' seamen,
They'll aiblins fin' they're scarce a match
    For Britain's noble freemen.

———◆———

THE GREAT FIGHT.

(WRITTEN DURING THE CRIMEAN WAR.)

A GREAT Bear frae the north, wha did lately come forth,
    And his auld trick o' plund'rin was tryin' ;
Thocht he had in his power, ilka beast tae devour,
    Till he met wi' the Eagle an' Lion.

When he saw them staun still, then he took tae the hill,
    An' tae conquer them there was relyin' ;
But they at him did rush, an' they gi'ed him a crush,
    Then he fled frae the Eagle an' Lion.

He ran tae a den, at the side o' a glen,
    Where he thocht he in safety cou'd lie in,
When within his stronghold, then he got unco bold,
    An' his attitude there was defyin'.

But his foes did advance, an' they took up a stance
    Where his stronghold they could keep an eye on.
Then the crafty auld Bear was hemm'd in geyan' sair
    By the gleg sichted Eagle an' Lion.

He tried a' his skill tae get on tae the hill,
    Where his hardy opponents were lyin',
But he died in the nicht, he got sic a fricht,
    Frae the furious Eagle an' Lion.

Tho' the auld Bear is dead a young cub's in his stead,
    As the chief over a' the great Bruins,
The Eagle an' Lion his hale force defyin'
    Ha'e noo riven his stronghold tae ruins.

Noo his stronghold he's lost, an' he'll fin' to his cost,
    That his great power is shatter'd at length,
When he comes tae the scratch, he's an unco puir match
    For the Eagle an' Lion in strength.

Bruin's courage maun cease, for he's losing his grease,
    An' wi' hunger an' wounds he is dyin' ;
An' he noo wad be fain tae slink north tae his den
    If he cou'd, frae the Eagle an' Lion.

Let a' beasts noo beware, by the fate o' the Bear,
    If for plunder or conquest they're tryin' ;
If they do persevere, they will soon get a tear
    Frae the claws o' the Eagle an' Lion.

THE LOVER'S LAMENT.

(WRITTEN DURING THE CRIMEAN WAR.)

SAD'S my heart, when noo I mind,
  How I was happy aye an' fain,
To meet young Donald blithe an' kind,
  Doon in the bonnie bushy glen.

We oft sat by the burnie's side,
  When bonnie flow'rs were blooming braw,
Our pleasant hours swift by did glide,
  An' sweart we were tae part ava'.

We aften wander'd thro' the wood,
  An' heard the bonnie birdies sing
In chorus tae the murmuring flood,
  That owre the rugged rocks did spring.

Our youthfu' hearts were aye content,
  Whene'er we cou'd thegither be ;
An' mony happy days we spent,
  In wood, in glen, an' on the lea.

But ah ! the morning may be bricht,
  The sun unclouded up may rise ;
But lang ere ever it is nicht,
  Black clouds may overspread the skies.

Sae my fond hope soon blighted was,
  An' my bricht prospects soon were o'er,
When Donald, in his country's cause,
  Left hame for a far distant shore.

On battlefield he met the foe,
    Amang a shoor o' shot an' shell ;
But mony Russians were laid low,
    Before my gallant Donald fell.

Noo I am dowie, left my lane,
    An' my puir heart is sad an' wae,
For my braw Donald's dead an' gane,
    An' lies on Alma's bluidy brae.

——◦◦◦——

FLORA'S LAMENT.

(WRITTEN DURING THE CRIMEAN WAR.)

WHEN gloamin' the day frae the nicht was dividing,
    Lang after the sun had sunk doon in the wast ;
The moon speel'd the sky, but was unco aft hiding
    Her pale face ahint the dark clouds as they pass'd.

Then doon in the glen, lovely Flora was singing,
    Beside the wee burnie that murmur'd alang,
Her voice frae the rocks in sweet echoes was ringing,
    Her words they were plaintive, and this was her sang.

Noo lanely I wander in glen and on mountain,
    Thro' green flowery meadow, and white gowan lea,
Alang by the burn side, an' clear gushin' fountain,
    But nane o' them a' noo gi'es pleasure tae me.

Ilk place that I gang noo looks lanely an eerie,
    The bonnie wild flowers, a' unheeded do blaw,
A's dark, dull an' dreary, that ance was fu' cheerie,
    When Donald was here, but noo Donald's awa'.

The dark clouds o' grief, my puir heart ha'e enshrouded,
    Since e'er tae the war, my braw Donald has gane,
My hopes are a' blighted, my prospects a' clouded,
    An noo I in sorrow, maun wander my lane.

Ye wee twinklin' stars, as ye climb up the blue sky,
    An' hurry alang in your nightly career,
If ye see my Donald, tell him as ye're gaun by,
    That his ain dear Flora in grief wanders here.

O Peace, gentle dove, let your wings be extended,
    An' soar o'er a' nations, baith near and afar,
May ye be by justice, an' mercy attended,
    An' chase frae the earth, the vile vulture o' war.

Then hope, lovely star, wad arise bright as ever,
    An' thro' grief's dark clouds on my puir heart wad shine,
True lovers wad meet then, again ne'er tae sever,
    An' I wad be Donald's, an' he wad be mine.

SAMUEL SAFTHEAD TAE THE ELECTORS O' LANARKSHIRE.

ELECTOR chaps, baith far an' near,
  Ye'll soon be in an unco steer,
Gaun aff your candidates tae hear
   Tell their fine stories ;
An' get saft win' blawn in your ear.
   By Whigs an' Tories.

Ilk ane will say if he is sent,
It is his honest, true intent,
Your wants tae fairly represent,
   Your grievance tell ;
While a' the time it's easy kent,
   He means himsel'.

Real honest men are unco rare,
An' Scotland lang has miss'd them sair,
But there are men yet here an' there,
   That weel micht fit
Tae seek for Scotland her ain share
   O' justice yet.

Electors, ye shou'd really seek
Some honest chiel's wha weel can speak,
Wha bauldly wad haud up their cheek,
   Amang them a' ;
An' no be like the Tory clique,
   Wha hum an' ha'.

Men that wad try wi' a' their micht,
Tae get for Scotland what is richt,
An' wadna be in ony fricht,
   Whae'er oppose
Tae tak' them, if her cause they slicht,
   Firm by the nose.

Men wha ha'e Scotland's weal at heart,
An' like true patriots act their part,
An' no by bribes, an' cunning art,
  An' false pretensions ;
Wad frae her cause gey soon depart
  For posts an' pensions.

There is ae thing I will maintain,
An' I wad like ye a' tae ken,
That guid M.P.'s ye'll never sen',
  No, never, never,
As lang's ye sell yer votes for gain,
  Or yet for favour.

Shame on the mean an' shabby lot,
Wha sell their freedom for a groat,
Can they e'er claim the name o' Scot,
  In ae relation ?
They only are a dirty blot
  Tae ony nation.

March, 1857.

SAWNEY'S ADDRESS TO JONATHAN.

(WRITTEN DURING THE AMERICAN CIVIL WAR.)

SAY, cousin Jonathan, 'cross the Atlantic,
 Ye're surely gane daft, at least ye're grown frantic
Tae crack aboot fechting wi' auld Johnnie Bull,
For tho' he wants brains he has a hard skull.

Mind, tho' he is auld, an' gey donnart o' late,
When ance he is wauken'd, he's no easy beat,
An' if nae advantage o' you he has ta'en,
Ye'll just be as weel for tae let him alane.

Mind, John is a frien', near related by bluid,
An' buys frae ye cotton, tobacco, an wud,
An' mony braw profits aff Johnnie ye gain,
For he gi'es ye hard cash for lots o' your grain.

Noo Jonathan, frien', if ye tak' my advice,
Dinna fash wi' auld Johnnie, if that ye are wise,
Dinna quarrel wi' a neibour, for ony wee fau't,
For fechtin' is aften as ill as it's ca't.

There's ae thing I ken, that I don't mean tae hide,
That ye are gey pappy, an' stuff'd fu' o' pride,
Ye think ye are strong noo, an wealthy an' a',
But dinna speel heigh, in case ye may fa'.

Be wise man, an' no mak' aye sic a flusterin'
Bide at hame an' dinna ye gang filibusterin',
In case on yoursel', ye some mischief may draw,
An' soon ha'e a gey scabbit elbow tae claw.

Ye'll just be as weel for tae stick by your trade,
An' let them a' fecht that tae fechtin' are bred,
Ye ha'e walth o' room in yer ain place tae bide,
An' micht be content, if it wasna your pride.

It's my thocht that Johnnie and you are big loons,
An if ye cast oot ye'll get baith crackit croons;
But the best way o' settlin' your difference wad be,
Own baith that ye're blockheads, shake hauns, an'
    agree.

BARNEY'S ADDRESS TO JONATHAN.

(WRITTEN DURING THE AMERICAN CIVIL WAR.)

CH thunder and mud, jewel Jonathan darling,
  John Bull's knock'd ye under for all your great
    swagger,
He'll teach ye what's right tho' he is not for quarrelling,
  And show he can snub such a mighty big bragger.

Blood and wounds, honey dear, ye went wrong, for to meddle
  His tight little steamer that carries his letters,
Which caus'd him to larn ye a tune for your fiddle,
  Call'd Jonathan Bunkum has met with his betters.

With your own little war, sure, ye might be continted,
  The world's not all yours, but belongs to some others,
And tho' ye get thrash'd your fate wont be laminted,
  As long's ye're not foighten to free your black brothers.

Och sure, and ye boast still of freedom and bravery,
  And of such tall bluster ye make your orations,
While all the world knows that ye glory in slavery,
  And tramp on the laws of all civilized nations.

Now Jonathan jewel, give over your ragging,
  And try to larn sinse from your neat little crubbing,
Och stop your thin jaws from their blust'ring and bragging,
  In case you may earn for yourself a good drubbing.

Great murther and turf, what a bowld little fellow,
  The donkey appears to himself when he's crying,
But och, his loud braying, so lovely and mellow,
  Is drown'd all at once by the roars of the lion.

FRAGMENTS.

A BLIGHTED flower whose fading bloom,
    Is wet with dew in evening's gloom,
        When howling tempests rave ;
A faint, but striking likeness bears
To a young maiden bath'd in tears,
        Bent o'er her lover's grave.

THE honest man of humble birth,
    Of genius bright, and sterling worth,
        That rises up to fame ;
Is like a spring that onward flows,
Until it to a river grows,
        And bears a classic name.

HOW like a ship by tempest driv'n,
    With anchor lost, and sails all riv'n,
        That nears a fatal reef,
Is he who does indulge in drink,
It drives him soon to ruin's brink,
        By all kinds of mischief.

IF man to man would do what's right,
    As every one should do to others,
Then war the world would never blight,
    But all would live in love as brothers,
But vile ambition, greed, and pride,
The bonds of brotherhood divide.

GREAT changes come wi' passin' years,
　　As in life's journey aft appears,
　　　When frail humanity we scan,
For frien's may be fu' rife to-day,
An' gin the morn be a' away,
　　　Sae unco fickle aye is man.

NOVELS.

BUT what are Novels, oft but painted lies,
　　Drest gaily up that they may look like truth,
But only are deceivers in disguise,
　　That conquer and mislead unwary youth.

FRIENDSHIP.

FRIENDSHIP, great source of happiness below,
　　Spring of all pleasure, and life's sweetest balm,
Light'ner of sorrow, and the strongest bond
That binds society in peace and love,
What would life be without thee?

TRUTH, honesty, and sobriety, are the three
　　Principal strokes in the picture of
Man's moral character.

FINIS.

LORIMER AND GILLIES, PRINTERS, 31 ST. ANDREW SQUARE, EDINBURGH.

od-product-compliance